# 偽りの花嫁

～虐げられた無能な姉が愛を知るまで～

中小路かほ



STARTS
スターツ出版株式会社

キャラクター紹介
東雲《しののめ》玻玖《はく》
呪術家系最高峰の力を持ち、黒百合家に代わって“神導位”に選ばれる。さらに和葉を嫁にしたいと縁談を申し入れ——？
黒百合《くろゆり》和葉《かずは》
帝直属の呪術師“神導位”を代々受け継ぐ黒百合家の長女。しかし、呪術が扱えない“無能”。早くに才能が開花した妹・乙葉と比較され、孤独な日々を送っている。

呪術家系の最高峰といわれる黒百合《くろゆり》家に、双子の姉として生まれた和葉《かずは》。

優秀な呪術師である妹とは違い、呪術の才能が開花しない和葉は虐げられ、両親からの愛に飢えながら孤独に生きてきた。

そんなある日、和葉は東雲玻玖《しののめはく》という呪術師に見初められ、嫁ぐこととなる。

しかしその裏では、両親からある命令が下されていた。

それは――。


〝結婚相手である東雲玻玖の暗殺〟


両親からの期待に応え、愛を注がれたいとただ一心に思う和葉は、偽の花嫁として当主の玻玖に近づく。

ところが、玻玖はそんな和葉をこれ以上ないほどに寵愛する。

殺さなければいけないはずなのに、空っぽだった和葉の心が次第に玻玖の愛で満たされていき――。


これは、偽りの婚約から始まる、運命をたどる真実の愛の物語。

目次

# あとがき

# 偽りの花嫁

～虐げられた無能な姉が愛を知るまで～

# 第一章　黒百合家

パリ―――――ンッ!!

甲高い音とともに鋭い鏡の破片が床に散らばる。

愕然《がくぜん》とした顔で、和葉は割れた手鏡に無言で視線を落とす。

その隣で、眉間にしわを寄せて不愉快極まりない表情を浮かべるのは和葉の双子の妹、乙葉《おとは》。

「あ～あ、割れちゃった。お姉ちゃんがぶつかってくるから～」

まるで汚いものを扱うかのように、乙葉はつま先でちょこんと鏡の破片を蹴飛ばす。

和葉がぶつかってきたと話す乙葉だが、実際にぶつかってきたのは乙葉のほうだった。

午前中に両親と買い物に出かけた乙葉は、宝石のついたかわいらしい指輪を買ってもらった。

それを右手の薬指にはめ、見とれながら歩いていたところ和葉にぶつかり、その拍子に和葉が帯に入れていた手鏡が床に落ちて割れたのだ。

「大きな音がしたけど……何事!?」

慌てた様子で廊下の角から顔を出したのは、和葉と乙葉の母である八重《やえ》。

「……お母様!」

和葉と乙葉は、同時に振り向く。

床に割れた鏡が落ちていることに気づいた八重は、着物の裾を上げ一目散に小走りでやってくる。

和葉には脇目も振らず、その隣にいる乙葉のもとへ。

「乙葉！　ケガは……!?」

「平気よ、お母様。安心なさって」

「……そう。それならよかったわ。あなたの美しい指に傷でもついたら大変だわ」

八重はいたわるように、乙葉の白い手を何度もさする。

そのあと、目を細めて和葉のほうへと振り返る。

「和葉、気をつけてちょうだい。乙葉になにかあったらどうするの」

「ご……ごめんなさい、お母様。でも――」

「言い訳は結構よ」

八重は、キッと和葉を睨《にら》みつける。

「奥様、いかがなさいましたでしょうか」

そこへ、二人の使用人も駆けつける。

「あなたたち、一体なにをしていたの！　さっさと廊下を片付けてちょうだい」

「か、かしこまりました！」

「はい、すぐに！」

使用人たちは箒《ほうき》と塵取《ちりと》りを持ってくると、割れた鏡の破片を掃除する。

丸い鏡の部分が抜け落ちた朱色の漆《うるし》で塗られた木枠もいっしょに箒の中へと巻き込まれる。

「待って！　それは……！」

慌てて拾い上げようとする和葉だったが、そばにあった鏡の破片に触れてしまう。

「……っ！」

反射的に手を引っ込めたが、和葉の右手の人差し指の指先からは赤い血が流れていた。

「和葉お嬢様、大丈夫ですか!?」

「だ……大丈夫です。少し切れただけです」

「すぐに包帯をお持ちしますので、少々お待ちください！」

和葉のケガに慌てる使用人たち。

その様子を八重は冷めた目で見下ろしていた。

「なにしてるの、和葉」

そんな言葉を上から浴びながら、和葉は塵取りの中にあった手鏡の枠を拾い上げる。

そして、それをそっと胸に抱きしめる。

「……ご心配をおかけして、申し訳ございません。ですが、たいしたケガでは――」

「なにも心配なんてしていないわ。そのくらいの傷、舐《な》めていたらすぐに治るわ」

氷のように冷たく、茨《いばら》のように棘《とげ》のある八重の言葉に表情が固まる和葉。

「そう……ですね」

そうつぶやく和葉の目には、うっすらと涙が浮かんでいた。

思い出されるのは、四歳のとき。

八重の裁縫の真似事で、和葉はほんの少し針で指を刺してしまったことがあった。

目を凝らして、ようやく赤い点が見えるほどの小さな小さな刺し傷だというのに、
そのときの八重といったら血相を変えて飛んできて、和葉の指をいたわった。

「大切な和葉になにかあったら大変だわ」

八重がやさしく自分の手で和葉の小さな手を包み込むと、あっという間に傷が治ってしまった。

あのころの八重は、今の乙葉に対する態度と同じように、和葉のどんな小さなケガでさえも見過ごさなかった。

それが、今ではこの扱い。

こんな生活にもうずいぶん慣れてしまっているはずなのに、幼少期のころの愛情たっぷりに育ててくれた両親の姿が、和葉は未《いま》だに忘れられないでいた。

「和葉のことは後回しでいいから、早く片付けなさい」

「……かしこまりました！」

使用人たちは鏡の破片が入った塵取りを持って、そそくさとその場を去る。

八重は、ゆっくりと立ち上がる和葉の手に握られた手鏡の木枠に目を向ける。

「そんなゴミを大事そうに抱えて、一体どうするつもり？　……相変わらず、変わった子ね」

八重はそう言うと、乙葉を連れていってしまった。

――〝ゴミ〟。

和葉はギュッと木枠を握りしめる。

割れる前のこの美しい朱色の枠の手鏡は、和葉が五歳のときに両親から贈られた誕生日プレゼントだった。

目を引く朱色の見た目に、鏡の裏には繊細な花の絵があしらわれている。

和葉の喜びように、両親も微笑んでいた。

和葉はこの十年以上もの間、ずっとこの手鏡を大切に帯に挟んで持ち歩いていた。

これを見るたび、あのころの幸せだった日々が脳裏に蘇るからである。

ところが、その大切な手鏡が――割れた。

しかも、八重には〝ゴミ〟と言われ。

きっと八重は、この手鏡のことはもう覚えてはいない。

和葉の瞳から、こぼれ落ちそうになる涙。

『泣いてはいけないよ』

そのとき、ふと頭の中にやさしい声が響いた。

和葉はキュッと唇《くちびる》を噛みしめ、涙をこらえるのだった。

この黒百合家に待望の第一子、双子の姉として十六年前に生まれた和葉。妹の乙葉とは双子といっても、顔はあまり似ておらず、見た目も真逆である。

黒い絹のような美しく長い髪を下ろし、淡い色の着物に身を包む和葉。

一方、八重に似た少しクセのある長い髪を頭の高い位置でまとめ、大きな花の髪飾りをつけ、派手な色の着物を好む乙葉。

性格もまるで違う。

和葉は控えめで、疑うことを知らず何事に対しても素直であった。

乙葉はというと、注目を浴びることが好きでわがままばかりだが、そのかわいさゆえすべてが許されてきた。

性格は違えど、二人は両親からの愛情を一身に受けて育ってきた。

――あの日がくるまでは。

黒百合家は、先祖代々『呪術《じゅじゅつ》』によって財をなしてきた名家。

呪術家系に生まれた者はみな、呪術の才能を受け継いでいる。

呪術の才能の開花時期は人によって様々だが、遅くとも五歳になるまでにはなにかしらの呪術が扱えるとされている。

現に乙葉が初めて呪術を取得したのは二歳になる手前であった。

しかし和葉は、期待された五歳になろうとも六歳になろうとも、単純な呪術でさえも扱えるような開花の兆しは見られなかった。

呪術家系で呪術が使えない者は、黒百合家以外でも今までに聞いたことがない。

乙葉はというと、まるで双子の姉にかわるかのように、次々と多種多様な呪術を開花させる。

そうして、黒百合家の将来を期待された乙葉はこれまで以上に両親に愛され、その反対に両親は無能な和葉には目もくれなくなっていった。

すべての愛情が乙葉に向けられ、和葉は幼いながらに孤独な日々を過ごすこととなる。

乙葉と比べられ、心ない言葉を浴びせられる日々。同じ家族であるはずなのに、和葉だけはいつも蚊帳《かや》の外にいるような扱いだった。

両親の気を引くために他でどれだけ努力しても、一切見向きもされない。

和葉は黒百合家の〝恥〟と言われ、家の中では肩身の狭い思いをしてきた。

そのたびに、何度もあふれるくらいの涙を目に浮かべた。本当は大声で泣きじゃくりたかった。

しかし、決まってそういうときに和葉の頭の中に響く言葉がある。

『泣いてはいけないよ』

――と。

その穏やかでやさしい声に、和葉は何度も救われてきた。

いつも独りの和葉にとって、自分を励ましてくれるようなそんなだれかがそばにいるような――。

だから、和葉はこれまでつらくても悲しくても、一度も涙を流したことはなかった。

子どもながらに泣かない和葉を見て、『子どもでありながらかわいげがない』と言って両親はさらに蔑《さげす》んだ。

しかし同時に、『扱いやすい聞き分けのいい子』とも捉え、最低限の安い褒め言葉を投げかけるだけだった。

そのような言葉でさえも、両親からの愛に飢えていた和葉にとっては身に染みるほどうれしかった。

だからこそ、和葉は愛情を注がれたい一心で、両親の言いつけを素直に聞き入れる細々とした日々を送っていた。

そもそも『呪術』とは――。

この倭煌國《わこうのくに》において、選ばれた家系の者にのみ宿るとされる異能の一種。

呪術には二種類ある。

大なり小なり、人の助けとなったり社会や文化の発展に貢献したりするなど、人にとってプラスの働きをする呪術を『正《せい》の呪術』。

人を肉体的、または精神的に傷つけたり支配したり、生命を奪うなど人にとってマイナスの働きをする呪術を『負《ふ》の呪術』。

それらの呪術を扱う者のことを『呪術師《じゅじゅつし》』と呼ぶ。

呪術をもとに帝《みかど》に助言することのできる地位まで与えられており、呪術師は陰で政治をも動かす力を持っているといっても過言ではない。

その帝直属の呪術師『神導位《しんどうい》』ともなれば、呪術師にとっては末代まで語り継がれるこの上ない名誉。

帝からの支援金もあり、神導位に着任している間はなに不自由のない暮らしが保証される。

しかし、だれにでもなれる地位ではない。

五年に一度、新たな神導位を選定する『呪披の儀《じゅひのぎ》』が都の御所でおこなわれる。

我こそが神導位にと名乗りを上げる呪術師たちが一堂に会し、帝の前でその自慢の呪術を披露する。

そこで、最も力ある呪術師と認められたその家系に神導位の地位が授けられる。

といっても、かれこれこの三百年、神導位の座はとある呪術家系が独占している。

それこそが、黒百合家。

黒百合家は最高峰の呪術家系といわれ、三百年前に初めて神導位の座についてから、一度もその椅子を他の呪術師に譲ったことはない。

黒百合家は、だれもが知る最大の財力と権力を持ち合わせた呪術家系なのだ。

呪術家系によって得意不得意の呪術があるとされているが、黒百合家の現当主である貴一《きいち》――和葉と乙葉の父――は、現存するほぼすべての呪術を習得しているといわれている。

八重は、実家が呪術家系でありながら医者家系でもあることから、正の呪術の中で最も取得が難しいとされる、傷の治癒や病の緩和に効果のある呪術を得意としている。

ある程度のケガであれば、八重が手を触れるだけで治ってしまうのだ。

その八重の呪術を求めて、遠路《えんろ》はるばるやってくる患者もいるほど。

そして、乙葉。

乙葉もまた、貴一と同じように均一に呪術を習得している。

まだ十六歳の乙葉は貴一ほどの呪術の種類を扱えるわけではないが、当時の貴一よりも習得スピードは速く、呪術のセンスが見受けられる。

しかも乙葉には、ある特別な呪術が備わっていた。

それは、正の呪術の中でも特殊とされる、未来の出来事をその目に宿して視《み》ることができる能力である。

過去をさかのぼってもその呪術を扱えたとされる呪術師はほんの一握りで、とてつもなく希少。

黒百合の家系でも、未だかつてそのような者はおらず、貴一と八重はたいそう喜んだ。

去年、突如として乙葉にその呪術が開花したため、まだ数時間先の未来しか視ることができない。だが、鍛練すればのちに数日後、数年後の未来をも視ることができるようになる。

現在活躍する呪術師の中でも、未来が視える者はここ近年耳にしたことがない。

新たな黒百合家が誇る呪術に、きっと帝も驚くことだろう。次の神導位も黒百合家に決まっていると、貴一と八重は乙葉に期待を寄せていた。

そして、その五年に一度行われる新たな神導位を選定する呪披の儀。それが、あと四日後に迫っていた。

最近の食事時は、決まって呪披の儀の話ばかり。

長方形の大きなテーブルを見通すように、上座に座って食事を取るのが当主の貴一。

その両隣には、八重と乙葉が座る。

和葉はというと、三人とは離れた反対側の席で一人寂しく食事をする。

「お父様。わたくし、帝様の前で緊張せずに呪術を披露できるか不安だわ……」

乙葉は眉尻を下げながら、ステーキを刻むナイフとフォークを持つ手を止める。

呪術だけでなく、その自らの容姿に自信のある乙葉は、これまでの人生で『不安』という言葉からは程遠い、すべてが自分の思いどおりになるような生き方をしてきた。

実際のところ、今だってそんなことは一欠片も思っていない。

しかし、不安を吐露する乙葉のパフォーマンスは、貴一や八重にとっては健気でかわいく見えるのだった。

「心配するな、乙葉。お前は器用で本番にも強い。いつもどおりにやれば大丈夫だ」

「そうよ。それに、貴一さんと私の呪術だけで帝様も満足されるに違いないわ」

「それじゃあ、わたくしにとっては今回初めての呪披の儀だし、どのような場であるのか見学することにするわね」

「そうだな。貴重な乙葉のあの呪術は、できることならまだ表には出したくはない。万が一、互角に渡り合う呪術師が現れたときのために残しておこう」

その貴一の話を聞いて、布巾《ふきん》で口元を軽く拭った八重が笑う。

「まあ、貴一さんったら。黒百合家と互角に渡り合う呪術師なんているはずもないわ。だからこそこの三百年もの間、神導位の座は黒百合家が守っているのでしょう？」

「たしかに、そのへんの呪術師がちょっとやそっと修行したところで、うちに勝てるはずもないからな」

和葉の席の反対側からは、賑やかな三人の笑い声が聞こえる。

和葉はひと言も発せず、自分の存在を消すかのように静かに食事を取るのだった。


そして、翌日。呪披の儀の三日前。

黒百合家の玄関先には、立派な黒塗りの車が停まっていた。

「それじゃあ、家のことは任せたわ」

「かしこまりました、奥様」

いつも以上に時間をかけてよそ行きのおめかしをした八重が、ねぎらうように使用人の肩を軽くたたく。

新しく仕立てた高価な着物に身を包んだ貴一、八重、乙葉は手配した車に乗り込む。

今から半日かけて、御所のある都へと向かうのだ。

滞在分の荷物と、呪披の儀のためだけにあつらえた、今着ているものよりもさらに高価な着物を車に積み込んで。

「お父様～。都についたら、お買い物してもいいかしら？　わたくし、新しい髪飾りがほしいの」

「かまわん。呪披の儀に備えて、前もって滞在する予定だからな。観光も兼ねて、明日、明後日は空けている。乙葉の好きにしなさい」

「やった～！　お父様、大好きっ」

乙葉は貴一にべったりと抱きつく。

普段は仏頂面《ぶっちょうづら》の貴一だが、頬をゆるませまんざらでもない表情だ。

「お父様、お気をつけていってらっしゃいませ」

そんな貴一のところへやってきたのは、黒百合家のご令嬢とは思えない質素な着物姿の和葉だった。

貴一は乙葉に先に車に乗り込むように促すと、いつもの仏頂面へと表情を戻す。

「ああ、いってくる」

それだけ言って、貴一は車へと向かう。

しかし、なにかを思い出したようにいったん足を止めると和葉のほうへ振り返る。

「わしらがいないからといって、くれぐれも一人で外へ出かけるでないぞ。わかったな、和葉」

「はい……」

和葉は、こくんとうなずく。

「そうよ、お姉ちゃん。ちゃんとお留守番しててよね～」

車の窓から顔を出し、乙葉は嫌味たっぷりに微笑む。

黒百合家の恥とされる和葉は、自由に外出も許可されていなかった。

優秀な黒百合家の長女が、まさか呪術が一切使えない無能などとは世間に知られるわけにもいかず、表向きは重い病でふせっているということにされている。

和葉に呪術の才能がないとわかった十年も前からずっと。

和葉の存在を知っているのは黒百合の家の者と、黒百合家の屋敷に仕える使用人だけ。

そもそも両親から釘を刺されなくとも、和葉が約束を破るようなことは今まで一度もなかった。

なぜなら、言いつけを守れば――褒められる。

褒められるということは、自分に愛情が注がれている。

和葉はこう解釈していた。

『和葉。言いつけをちゃんと守れて偉いわね』

ただそのひと言がほしくて、和葉は貴一や八重の言いつけはいつも必ず守っている。

「お土産をたくさん買って帰ってくるから、楽しみにしててちょうだい」

八重が車の窓越しに使用人たちに声をかける。

その言葉に、使用人たちは都で流行りの菓子やかわいらしい小物を勝手に想像して喜ぶ。

「「ありがとうございます！」」

「「お気をつけて、いってらっしゃいませ！」」

使用人たちは一斉に頭を下げ、貴一たちが乗る車を見送った。

車が見えなくなると、使用人たちはそのままにしていた仕事に取りかかりに屋敷へと戻る。

「奥様、今回はなにを買ってきてくださるのかしら？」

「あたしは、前回の呪披の儀の際にお土産でいただいたものと同じものがいいわ～」

その途中で、使用人たちから楽しそうな声が聞こえてくる。

「五年前の？　なんだったかしら？」

「ほら～！　白くてふわふわした、ほんのりと甘いお菓子！　……たしか名前は、まし……まし…………」

「あ～！　〝マシュマロ〟じゃない？」

「そう、〝マシュマロ〟！　初めての食感だったから、今でもあのおいしさが忘れられなくて！」

「そうね～。黒百合家に仕えていないと、きっと口にすることなんてできないでしょうからね」

使用人たちは、ああだこうだと八重からの土産を期待する。

そういうこともあって五年に一度の呪披の儀は、使用人たちにとっても楽しみなイベントであった。

「それじゃあ、神導位継続のお祝いも兼ねて、旦那様たちが戻られる日の夕飯は豪勢にしないと！」

「そうね！　……あっ、和葉お嬢様！　そろそろお屋敷にお戻りに」

「……はい。今行きます」

和葉は見えなくなった車を追うように、道の先に目を向ける。

それは、両親とうれしそうに出かけていった乙葉に対する羨望のまなざしであった。

しばらくして、なにかを諦めたかのように目を伏せた和葉は、一人静かに自室にこもりにいった。

家の中に貴一たちがいないからといって、和葉の控えめな振る舞いは変わらなかった。

「和葉お嬢様。せっかくですから、居間でくつろがれてはいかがですか」

自室に戻るため階段を上がる和葉に、使用人が声をかける。

「ありがとうございます。でも、いいのです。家族が集まる居間は、どこか落ち着かなくて……」

和葉にとっては、乙葉の部屋の半分ほどの広さの自室が唯一、この家の中で安らげる場であった。

「それよりも、わたしになにかお手伝いできることはありませんか？」

「そんな……滅相《めっそう》もございません！　使用人の仕事をお嬢様にさせていたと知られれば、私《わたくし》どもがあとで奥様に叱られます……！」

「そんなことはないです。お母様は、乙葉であればお叱りになるでしょうけど、……わたしですから」

和葉は眉尻を下げて切なげに微笑む。

使用人は、自嘲する和葉に胸を痛め、憐《あわ》れみのまなざしで見つめる。

「それに、今はお母様もいらっしゃいません。知られる心配もありません。ですから、わたしにもお手伝いさせてください。なにもすることがないと、一日がとても長く感じてしまうので」

使用人をただの雑用係としてしか見ていない乙葉とは違い、和葉はだれに対しても思いやりのあるやさしい子だということは、黒百合家の使用人たちはみな知っていた。

和葉自身がそう言うものだから、使用人はその厚意に甘えることにし、和葉に調理を任せるのだった。


その夜、和葉は布団の中でふと目を覚ました。

部屋が普段と違ってやけに明るいと思ったら、窓からこちらを見下ろすようにして大きな満月が墨色の夜空に浮かんでいた。

どこか怪しげにも見えるが、圧倒的なその美しさに和葉はまるで招かれるように庭へと出ていた。

この時間はすでに使用人たちは帰っていて、屋敷に明かりはひとつもない。

しかし、そんなものなど必要もないくらいに庭は月明かりによって青白く照らされていた。

「なんてきれいなお月様……」

和葉はぽつりと独り言をつぶやき、満月を見上げながら歩み寄る。

そのとき、足元にあった小石につまずき、和葉の体が大きく前のめりに傾いた。

「……きゃっ！」

小さな悲鳴を上げた和葉だったが、その華奢な体を支えるようにしてだれかが後ろから手を添えた。

驚いて振り返った和葉を片手で抱き寄せたのは、夜風になびく銀髪が美しい美青年だった。

まるで宝石の翡翠《ひすい》を埋め込んだかのような二つの大きな瞳が和葉を捉える。

月明かりを浴びて神々しく見えるその姿に、和葉は思わず息を呑んだ。

「大丈夫か？」

そう問われ、和葉ははっとして我に返る。

「あ……危ないところを助けていただき、ありがとうございます」

和葉は、とっさに銀髪の男に頭を下げる。

しかし、ここでおかしなことに気づく。

今は、この屋敷には自分しかいないはず。こんな夜中にだれかが黒百合家を訪ねてくるはずもない。

それなのに、どうしてこの男は屋敷の中にいるのだろうか。

「……あの！　貴方様は――」

慌てて顔を上げた和葉だったが、さっきまでそばにいたはずの銀髪の男はすでにそこにはいなかった。

まるで、煙のように消えてしまったかのような。

和葉は庭を見てまわったが、やはりさっきの男の姿はなかった。

「あの方は一体……」

狐につままれたような感覚で疑問が残る和葉だったが、不思議とこわいとは思わなかった。

触れられたとき、やさしさのあるぬくもりが伝わってきたから。


――和葉の耳に、小鳥が戯れる鳴き声が聞こえる。

ゆっくりとまぶたを開けると、和葉の眠っていたベッドの上に朝日が差し込んでいた。

和葉は寝ぼけまなこのまま体を起こす。

「昨夜のあれは、……夢?」

満月を見に庭へ出たら、そこで月にも負けないくらいの美しい青年に出会った。

和葉は、神秘的なその男に無性に心が惹かれた。

しかし、気づいたらベッドの上で朝を迎えていた。

本来であれば、病でふせっているということになっている和葉は、屋敷の者以外の人間に姿を見られることは許されていなかった。

そのため、夢でよかったと安心する一方、和葉は切ないため息を漏らしていた。

そもそも、あんな時間に屋敷に客人がいるはずもないし、一瞬にして和葉の目の前から消えるというのも現実的でない。

やはりあれは夢に違いない。

そう自分に言い聞かせ、朝の支度をしにベッドから抜け出す和葉だったが、一本の長い銀色の髪の毛が寝間着《ねまき》から床にはらりと落ちたことに、当の和葉は気づいてはいなかった。


それから六日後。

今日の夕方ごろに、当初の滞在期間よりも一日遅れて貴一たちが屋敷に戻ってくる予定になっている。

その遅れた理由というのは、通常は三日間で執《と》りおこなわれる呪披の儀だが、今年は急遽一日延びたそうだ。

今から二日前——本来であれば呪披の儀最終日にあたるはずの日に、その旨が記された貴一からの呪術の文《ふみ》によって屋敷の使用人たちに知らされた。

呪披の儀が三日の間で終わらないのは、これまでに例がない。

なにかのトラブルだろうか。

しかし、遠く離れた場所の出来事をすぐに知るには、呪術師でない和葉や使用人たちにはそのすべがなかった。

当初予定していた日より一日遅れはしたが、貴一たちは呪術の文で告げたとおりの日に戻ってきた。

「「おかえりなさいませ。旦那様、奥様、乙葉お嬢様」」

屋敷の前に一列に並び、三人を出迎える使用人たち。その列の一番端には、和葉の姿もあった。

ゆっくりと車から降りてくる貴一。しかしその足取りは、どこか重たく見える。

「お父様、おかえりなさいませ」

和葉が声をかけるも、貴一は無反応。まるで、和葉のことなど見えていないかのようだ。

和葉は、そんな貴一の斜め後ろをついて歩く。

「あのわたし……、お父様たちが留守の間、言いつけを守って家に――」

「あとにしてくれないか。長旅で疲れているんだ」

「あ……。も……申し訳ございません」

和葉は怯えたように足を止め、貴一の背中を見送る。

……褒めてもらえなかった。

『言いつけを守って偉いな、和葉』

貴一たちが帰ってくるまでの間、その言葉を励みにして待っていたというのに――。

続いて降りてきた八重も、やつれた顔をして不機嫌そうだった。

乙葉はというと、まるで逃げるように屋敷の中へと走っていった。

てっきり、満足げな表情の三人が車から降りてくるものとばかり思っていたから、使用人たちは想像していた様子とは違って思わず戸惑う。

「奥様、おかえりなさいませ……！　今回の都でのご滞在、いかがでしたでしょうか」

「…………」

八重の機嫌を取ろうと使用人が話しかけるが、八重はあからさまに無視をする。

「そういえば、出発の前におっしゃっていた都のお土産。奥様はいつもお洒落なお菓子を選ばれるので、私ども使用人はいつも楽しみにしておりまして――」

するとそのとき、八重は鬼の形相でその使用人を睨みつけた。

「……土産？　そんなもの、あるわけないでしょ!!」

八重は、他の使用人が運んでいた旅行用のボストンバッグを奪い取ると、その使用人に向けて思いきり投げつけた。

そして、苛立った様子を見せながら足早に屋敷の中へと入っていった。

噛みつくように激昂《げっこう》した八重の態度に、使用人たちは度肝を抜かれ唖然とする。

和葉も目を丸くしていた。

八重に話しかけた使用人は、八重に気に入られていたほうであったから、その者に八重が怒鳴るのは珍しかった。

「お……奥様、どうされたのかしら。ご出発のときは、あんなに上機嫌でいらっしゃったのに」

八重の後ろ姿を見届けながら、使用人たちは小声で話をする。

すると、一人の使用人がはっとした顔で目を見開く。

「……もしかして！　神導位から外されたんじゃ……」

それを聞いて、周りにいた使用人たちは笑い出す。

「なに言ってるの～。そんなわけないでしょ。黒百合家は三百年もの間、神導位の地位を授かっているのよ？」

「でも、旦那様……。『月光晶《げっこうしょう》』をお持ちでなかったような……」

使用人が言う『月光晶』とは、淡い黄金色の輝きを放つ珍しい水晶のことだ。

まるで月の光のような美しさから呪披の儀の場ではそう呼ばれ、帝から託される神導位の〝証〟である。

神導位着任中はそれをあがめ、家宝として守る義務が与えられる。そして、次の呪披の儀の際に帝へ返還し、新たな神導位に授けられるのだ。

つまり、三百年間神導位を任されていた黒百合家では、長年の間ずっと月光晶は屋敷で大切に保管されていた。

持ち出しが許されるのは、呪披の儀に赴《おもむ》くときのみ。

今回の出発時も、桐箱に収めた月光晶を貴一が大事そうに抱えて車に乗り込んだ。

しかし、さっき車から降りてきた貴一は……手ぶらだったのだ。

神導位の証であり、全呪術師の憧れと誇りである月光晶を呪披の儀から戻った貴一が手元に置いていないわけがない。

『まさか！』と言いたそうな顔の使用人たちだったが――。

「……考えすぎね。そんなこと、あるはずないわ」

「そ、そうよね！　黒百合家以外に、神導位にふさわしい呪術家系なんてあるはずがないもの」

「それに、もし黒百合家が神導位から外されるようなことがあれば、天変地異でも起こるんじゃないかしら？」

使用人たちは膨らみすぎた自らの妄想にクスクスと笑うと、屋敷に戻っていった。

その日の夕飯は、神導位継続を祝して、使用人たちが数日前から仕込んでおいた豪勢な食事が出された。

一人の使用人が八重の前にビーフシチューの入った皿を置く。

「おめでたい日ですので、牛肉を丸一日かけてじっくりと煮込みました、異国料理のシチューでございます」

ところが、それを聞いた八重は眉間にしわを寄せると、シチューの皿を思いきり手で払いのけた。

「あつっ!!」

使用人はとっさに湯気の立つシチューがかかった腕を引っ込めたが、やけどの痛みに顔をしかめる。

それを見た和葉は水の入ったグラスを持って、床でうずくまる使用人のもとへと駆け寄った。

「大丈夫ですか……!?」

「か……和葉お嬢様」

和葉はやけどした使用人の腕へ、グラスの水をかける。

そんな二人を上から見下ろすのは八重だった。

「なにが『めでたい日』……? 馬鹿にするのもいい加減にしてちょうだい!!」

そう怒鳴ると、八重はテーブルに手を激しくたたきつけた。

「あとが残ったら大変です。すぐに冷やしてきてください」

「……は、はい。ありがとうございます、和葉お嬢様」

八重は、よろよろとはけていく使用人の後ろ姿を睨みつける。

「は～……。ほんと不愉快!」

荒々しく椅子に座り直す八重を横目で見つめる貴一はため息をつく。

「いったん落ち着きなさい、八重。料理に罪はない」

「そんなこと言ったって……！　貴一さんは、なんとも思わないの!?　一番悔しいのは、黒百合家当主であるあなたじゃ――」

「いいから黙りなさい!!」

普段は物静かな貴一の張り上げた声に、八重は思わず目を丸くして驚く。和葉や乙葉でさえも、思わず肩がビクッと跳ねた。

「食事のときくらい、静かにしてくれないか」

鋭い貴一の視線に八重は顔を背けると、再度出されたビーフシチューに仕方なく口をつけるのだった。

この夕食時のやり取りから、和葉だけでなく使用人たちも悟ることとなった。

――黒百合家が、三百年間守り続けてきた神導位の座を外されたのだと。

それを決定づけるように、翌日の朝刊では大々的に見出しに掲載されていた。

【黒百合家、三百年ノ歴史ニ幕。新タナ神導位誕生】

黒百合家が神導位の座を譲ったことは、これまでの呪術の歴史においてもまるで天と地がひっくり返ったような出来事で世間に衝撃を与えた。

貴一自身も、この結果は予想だにしなかったことだろう。

しかも、世にも珍しい呪術を持つ乙葉がいたというのに。

呪披の儀でなにがあったのかは、貴一、八重、乙葉の三人しか知らず、和葉に知らされることはなかった。

その後しばらくの間は、使用人たちの間では呪披の儀に関する話は禁句に。

そして、とくに八重への対応は、これまで以上に使用人たちの神経をすり減らすこととなった。

ただ、神導位から外されたといっても、世に知られた先祖の代から培《つちか》われてきた黒百合家の歴史と信頼はそう簡単に揺らぐものではない。

帝の支援金がなくとも、これまでと変わらない十分な財をなしていた。

しかし、黒百合家当主である貴一は心の奥底では新たな神導位への嫉妬の念が沸々と湧き上がっていた。

そして、『神導位』という地位があってこその黒百合家に嫁いだ八重もまた、ただの呪術家系に成り下がってしまったことへの恨みを新たな神導位に密かに向けていた。

この二人の腹の底で煮えたぎる黒い炎がのちに、儚くも懸命に生きる和葉をも巻き込む事件へと発展するのであった。

# 第二章　狐の面の男

黒百合家が約三百年ぶりに神導位の座から外されるという、激震の走った今回の呪披の儀。

まるでその前触れかのように、初日は波乱の幕開けだった。

この日のために国中から集まった呪術師は数百人。

御所でおこなわれる呪披の儀は、『正の呪術』を用いて披露する。

初日と二日目は帝の側近たちが、力ある呪術師か否かを見定める。帝は、三日目の最終日にしか顔を出さない。

つまり、初めの二日間で側近たちにその呪術を評価されなければ、そもそも帝の前に立つこともできないのだ。

側近たちの審判によってふるいにかけられ、最終日に帝の前で呪術を披露できる権限を与えられるのは、集まった呪術師の中でもほんの一握りだけ。

約九割もの呪術師たちが二日の間に落とされる。

だからこそ、難癖をつける輩も現れる。

「帝を出せ!! 直接抗議してやる！ なんでオレが落とされなきゃいけねぇんだ！神導位になるのは、このオレだ!!」

初日であっさりと審判で落とされ、怒りのままに声を荒らげるのは、地方から遥々やってきた呪術家系、草刈《くさかり》家の当主であった。

もちろん草刈家当主が騒いだところで帝が出てくるわけもなく、駆けつけた御所の兵たちによって取り押さえられる。

「おい、離せっ!!　わざわざこんなところにまできてやったんだから、文句のひとつくらい言わせろ！」

「草刈様、お引き取りください。神導位になられる呪術師様は、崇高なお方。このような振る舞いをされては、あなた様ではなから選ばれませぬ」

「……なんだと!?　ただの兵ごときが、オレに指図するな！」

草刈家当主は両腕をつかんでいた兵たちを睨みつけると、なにかを小声でつぶやき始める。

すると、取り押さえていた兵たちが一瞬にして四方八方に弾き飛ばされた。

これも呪術の一種で、草刈家当主が唱えた言葉が呪術の発動条件だった。

会場内は騒然となる。

「呪術も使えないお前ら軟弱兵が、束になってかかってきたところで意味ないんだよ！　この草刈家当主様にとったら、その辺りにいる小虫が群がってくるのと同じことだ！」

無意味な異議申し立てをする呪術師はこれまでにもいたが、実際に呪術を発動して帝直属の兵に手を出したのは今回が初めての出来事だった。

こうなってしまっては、ただの人間である兵たちがいくら集まっても、たった一人とはいえ呪術師相手に勝てるはずがない。

「どうせ、その部屋の奥に帝が隠れているんだろ？　だったら、力ずくでもそこから引きずり出してやる」

不気味に微笑み、呪術を唱える草刈家当主。

しかし、突然その表情を変える。

「なっ、なんだ……!?」

草刈家当主は、首をかきむしるような動作を見せる。

「ぐ………苦しい!!」

息ができないのか、その場でもがき苦しんでいる。

「何事だ!?」

「急に苦しみ出したぞ！」

周りにいた呪術師たちは恐れるように後ずさりをし、距離を取って見つめている。

そんな呪術師たちの間を割って、地面に転がって苦しむ草刈家当主の前に現れたのは、黒百合貴一だった。

「「神導位だ！」」

「あれが……、黒百合貴一」

貴一は、草刈家当主を刺すように見下ろす。

「帝様に対して、なんたる口の利きようだ。たいした呪術も使えない分際で、偉そうに呪術師を語るでない！」

「ま、まさか、これは……お前がっ」

「ここは、呪披の儀の場だぞ。呪術を披露しないでどうする。お前も呪術師なら、それくらい自力で解いてみろ」

そう言い放つと、貴一は白目をむき出しにして失神寸前の草刈家当主に背を向ける。

「ま……待ってぐれ!!　オレが間違っていた……今すぐここから去るからっ……、は……早ぐこの術を――」

地を這いつくばって命乞いをする草刈家当主に、振り返った貴一はため息をつく。

「……まったく。こんな簡単な呪術でさえも解けんとは、ここに集まる呪術師の格も落ちたものだな」

貴一の伸ばした右腕が、風を切るようにスッと横に払われると、術が解けた草刈家当主はゼェゼェと荒い呼吸を何度も繰り返す。

傍観していた呪術師たちは、唖然とした顔で見つめている。

「さ、さすが黒百合家」

「あれが、三百年続く……神導位の力」

「自力で解けったって、今のって高難度の『負の呪術』だよな……？」

「あんな圧のこもった術、解けるわけねぇよ！」

目の当たりにした貴一の禍々《まがまが》しい負の呪術に呪術師たちは恐れおののく。

「お父様、とってもかっこよかったわ！」

戻ってきた貴一に乙葉が駆け寄る。八重もそのあとに続いてやってくる。

「貴一さんったら、呪披の儀だからといって張り切りすぎよ。私たちの順番はまだまだ先なのだから」

「ああ、そうだな。ちょっとした準備運動だ。それに、我らは帝様より授かりし神導位。帝様に危害を加えようとする者は、何人たりとも許しはしない」

貴一はそう言って、ようやくまともに呼吸ができるようになってきた草刈家当主に視線を送る。

その視線に気づいた草刈家当主は、よろよろと立ち上がり貴一を指さす。

「……それよりも、黒百合！　今のは『負の呪術』だろ!?　それを使えば、いくら神導位のお前だってただでは済まないはずだっ……!!」

そう。

この男の言うとおり、人を傷つける『負の呪術』は朝廷《ちょうてい》から使用禁止と通達されている。

もし、負の呪術を使用していることが知られた場合、その呪術師、並びにその呪術家系は罰を下され、まるで罪人と同じように世間から吊るし上げられるのだ。

逆に正の呪術で人や社会に貢献する功績が認められれば、帝から金一封が贈られる。神導位の支援金に比べれば少ないが、それでも贅沢な暮らしができるほどの額だ。

『正の呪術で、この国に住む人々の暮らしをより豊かに』

代々朝廷からはそう提示されているが、実はそれはただの建前《たてまえ》。

本当のところは、負の呪術に特化した呪術師が誕生するのを未然に防ぐためだ。

なぜなら、呪術師が本気になって負の呪術で戦を仕掛ければ、帝の軍なんてあっという間に壊滅させられる。

呪術を悪用した呪術師に朝廷を乗っ取られないようにするため、『負の呪術禁止令』が下されているのだ。

「たしかに……負の呪術なんて、こんな場で使って大丈夫なのか？」

「まあ、ここで黒百合家がいなくなってくれれば、こちらとしてもありがたいのだが」

ヒソヒソと話す呪術師たち。

貴一はそんな呪術師たちには目もくれず、フッと小さく笑う。

「心配ご無用。それよりも、ご自分の身の心配をしたらどうだ？　草刈家当主よ」

「……なんだと？　オレが？　オレは負の呪術なんて使ってないぞ」

「そうだな。兵たちを弾き飛ばした呪術は、思いのままに物を動かすことができる正の呪術。しかし、お主はその使い方を間違った」

なおもピンときていない草刈家当主に、貴一はさっきの出来事の説明をする。

草刈家当主が先程発動した呪術は、熟練度によってはどんな重たいものでも自由自在に動かすことができる便利な正の呪術。

しかし、草刈家当主は兵たちをなぎ倒すことにその呪術を使用してしまった。

威嚇のつもりで発動しただけで、実際に兵たちはたいしたケガは負っていない。

そうであったとしても、人を傷つける恐れがあったことに変わりはない。

「正の呪術も、使い方によっては負の呪術となりうる。それくらい、呪術師なら知ってて当然のことだと思うが？」

「……待てっ!!　それならお前はどうなんだ！　負の呪術でオレを殺そうとしただろう!?」

「そうだ」

貴一は表情を一切変えず、毅然《きぜん》とした態度で言い放つ。

「……おいおい。そんなはっきりと『そうだ』なんて言いやがって」

「なにかおかしいことでもあるか？　神聖なる呪披の儀を荒らすお主を鎮めるために、神導位として当然のことをしたまでだ。それに、わしが使ったのは負の呪術であって負の呪術にあらず」

「は？　なにを言ってやがる」

「わしは、帝様のお命をお守りするために呪術を使った。つまりそれは、帝様のお役に立つことができる正の呪術ということだ」

「なっ……！　そんなの、ただの屁理屈じゃねぇか！」

それを聞いた貴一は、草刈家当主を鼻で笑う。

「屁理屈かどうかは、帝様がご判断されること」

実際、そのあと帝から下されたのは、今後百年呪披の儀の出席を禁ずるという草刈家への処罰のみだった。

貴一の言うとおり、草刈家当主に向けた負の呪術は、帝を守るための正の呪術であったと見なされ、黒百合家は一切処分を与えられなかった。

その後、草刈家当主は御所から追放され、貴一たちは何食わぬ顔で呪披の儀の場に残ったのだった。

「まさか、負の呪術を使ってお咎《とが》めなしとは……」

「たしかに、あのまま草刈家当主を野放しにしておいたら、帝様に危害が加わっていたかもしれないが」

「とは言ったって、……これってただの帝様の贔屓《ひいき》じゃないか？　神導位だからって」

「そうだな。なんせ、三百年も黒百合家に守られてきてるんだからな」

周りの呪術師たちが小声で話すように、それが正の呪術であるか負の呪術であるか曖昧な場合は、すべては帝のさじ加減で決まると言っても過言ではない。

今回の貴一の負の呪術の件は、それが神導位の務めとして正しいおこないであったと、帝は大いに評価した。

帝と黒百合家は、三百年間という長い時をへて紡いできた信頼関係で結ばれている。

帝も、神導位の黒百合家が呪術を乱用するとも考えておらず、やむをえない場合の負の呪術であれば、だいたいのことは目をつぶるのだ。

それはまさしく、だれかが言っていたように〝贔屓〟。

しかし、それがまた神導位の特権であったりもする。

そもそも、神導位に最高の呪術師が選ばれる最大の理由は、万が一他の呪術師に帝が命を狙われた場合、その呪術師に対抗し、打ち負かす力が必要であるため。

だからこそ、呪術師の中で最も力ある呪術師が神導位に選ばれるのだ。

こうして初日、二日目と呪抜の儀で側近たちの審判がおこなわれ、黒百合家は難なくそれを通過した。

そして、いよいよ最終日である三日目。

隠し玉の乙葉を出す必要もないほど、黒百合家が他の呪術師たちを圧倒した。

側近の審判ではまだ披露していない貴一と八重の呪術も他に残っていた。

今回も夫婦二人だけの呪術で帝を魅了し、黒百合家が神導位を継続すること間違いなし。

だれもがそう思っていたが――。

「貴一よ。此度《こたび》も珍しい呪術の数々、まことにすばらしかったぞ」

これまですだれ越しで見物していた帝がようやく顔を出す。

白粉で塗られ卵のように艶のある肌に、その白さによく映える黒くて丸い眉毛が特徴的。

まるで能面を被ったような顔をしていて、年齢や性別は一切不明。

しかし、この謎多き人物こそがこの倭煌國の中心なのだ。

「ありがたきお言葉、感謝いたします」

貴一は、口元をゆるませた表情で帝に深々と頭を下げる。

その後ろでは、同じように八重と乙葉も頭を下げている。

「黒百合家の呪術にはいつも驚かされて、わらわも子どものころからこの呪披の儀の日を楽しみにしておった」

満足そうな帝の姿を見て、確信したように八重と乙葉は顔を見合わせて微笑む。

今、帝の前にいるのは黒百合家の三人のみ。

最終日に残ったあとの呪術師たちは、帝のお眼鏡にかなわず全員返されていた。

何度も呪披の儀を経験した貴一にとって、この流れで帝から神導位継続を言い渡される想像はついていた。

「さて、新たな神導位についてじゃが……。ここでひとつ、そなたと手合わせしてもらいたい相手がおるのじゃ」

だからこそ、予想もしていなかった帝の言葉に貴一たちは意表を突かれる。

「手合わせしたい相手……でございますか？」

「そうじゃ。さっそくその者をここへ呼んでまいれ」

帝がそう言うと、側近がすみやかに部屋から出ていく。

予想外の展開に、貴一は動揺を隠せない。

少しして側近が連れてきたのは、一人の長身の若い男だった。

肩にかかるほどの美しい銀色の長髪。

ほのかに揺れる大ぶりの耳飾り。

そして最も特徴的だったのは、左目を隠すようにしてつけられた白い狐《きつね》の面。

見るからに、怪しげな男だということはすぐにわかる。

「帝様、この者は……」

「実は、わらわもよく知らんのじゃ」

「な、なんと……！　そのような者を……この御所内へ⁉」

「ホッホッホ〜。よいではないか。よく知りはせんが、腕が立つ呪術師であることはたしかなのじゃ」

帝が言うには、ひと月ほど前、御所近くで火事があった。

死傷者の出た大規模な火災で、消火活動にあたっていた御所の兵たちも巻き込まれ、ひどいやけどを負った。

そこにたまたま通りかかり、負傷者の手当てをおこなったのが、この『東雲玻玖』と名乗る若い男であった。

玻玖は、触れるだけでやけどをあっという間に治してしまい、本来なら助かるはずのなかった人々を大勢救った。

御所の兵たちも玻玖のおかげで命拾いし、帝は玻玖に感銘を受ける。

並外れた治癒系呪術に玻玖の呪術師としての力量を見出した帝は、呪披の儀に出席するようにと促した。

しかし、玻玖は『そのようなものに興味はない』と伝え、出席の意思は見せなかった。

呪披の儀への参加は呪術師にとっては大変名誉なことで、帝直々の申し出なら尚更のこと。

それをあっさりと断る型破りな玻玖を帝はおもしろがり、こうして最終日のこの場に無理やり連れてきたのであった。

「帝サン。少し顔を見せるだけでいいからと言われたからきてみたら、このピリついた空気はなんですか」

貴一たちを上から眺めるようにして、玻玖が帝に話しかける。

狐の面で片目が隠れて表情は読み取りづらいが、口元だけを見ると気だるげにため息をつくのはわかった。

「ピリついた……とは？　まあ、そう言わずに座ればよい」

この場の空気をまったく読めていない帝であったが、玻玖の言うとおり、貴一からはただならぬ敵意の圧が発せられていた。

それが向かう先は、当然玻玖のもと。

「……で、帝サン。俺はここでなにをすればよろしいので？」

「貴様!!　先程から、帝様に対してなんたる口の利き方……！　恥を知れ！」

このまま、負の呪術で殺《あや》めてしまうのではないかと思うような勢いで貴一が立ち上がる。

「それに、いい加減そのふざけた面を外したらどうなんだ！　帝様の前であるぞ！」

貴一が怒鳴るも、玻玖はマイペースにキョトンとしている。

「すみません、極度の恥ずかしがり屋なもので。面と向かって他人と話せないので、どうかこのままでお許しください」

「なにをふざけたことを――」

「よいよい、貴一。このような臆することも知らない者も珍しかろう」

「しかし、帝様……！」

苛立ちを見せる貴一を帝がなだめる。

そんな貴一を玻玖がクスリと小さく笑うものだから、貴一はまた焦燥に駆られる。

「では、玻玖よ。貴一が見せる呪術と同じものを見せてもらえるか？」

「え、同じものを……ですか？」

玻玖はどこか自信なさげに聞き返す。

「そもそも、帝サン。『貴一サン』といったら、〝あの〟有名な黒百合貴一サンですよね？」

玻玖にチラリと視線を向けられた貴一は、まるで威嚇するように睨みつける。

その表情は、『わしに勝てるとでも思っているのか』と言いたげだ。

「……まあ、それをやってここから帰してくれるのなら――」

「お待ちください、帝様！」

突然、玻玖の話を遮るように八重が顔を上げる。

「ほう、八重。いかがした？」

「お話によりますとこの者、治癒系呪術が得意とのこと。ここはひとつ、まずは私とお手合わせを」

「そうじゃな。そなたも有名な治癒系呪術の使い手であるな」

「はい。ですので――」

「しかし、その必要はない。わらわは玻玖の呪術をこの目でしかと見たが、その力は八重……そなたをも凌《しの》ぐ」

帝の言葉に、八重は目を丸くしてあからさまに驚く。

「そ、そんな！　私以上の使い手など、今の世にいるはずがありません！」

「それが、いたのじゃ。わらわも驚いたものよ」

「ですが……!!　一度手合わせをしてみないことには――」

「やめなさい、八重！」

突然の貴一の怒鳴り声に、八重は肩をビクつかせて萎縮する。

貴一の背中からはおどろおどろしい気迫が滲み出ていたため、八重はとっさに口をつぐんだ。

「帝様が『必要ない』とおっしゃっているのだ。お前が口を挟むことではない」

「も、申し訳ございません……」

渋々と頭を下げる八重だが、奥歯を噛みしめ、とても納得しているようには見えない。

「帝様。お見苦しいところをお見せしてしまい、まことに申し訳ございませぬ」

「かまわん。気にするでない」

「寛大なお心遣い、感謝申し上げます」

深々と頭を下げる貴一だったが、本当のところは八重と同じで、悔しさを隠すので精一杯だった。

なぜなら、八重の治癒系呪術を披露することなく負けを言い渡されたようなものなのだから。

このような屈辱的な扱いは初めてのこと。

「それではさっそく、貴一、玻玖、頼んだぞ」

「はい！　お任せください」

「……仕方ないですね。帝サンがそう言うのなら」

なおも気だるげにつぶやく玻玖に対して、貴一はまるで刺すような鋭い視線を送っていた。

その後、貴一と玻玖による呪術の手合わせがおこなわれた。

貴一は、巧みに多種多様な呪術を披露する。

本来であれば、これだけの呪術を扱える時点で、神導位継続は確実と言ってもよい。

しかし、そんな貴一の呪術と同じものを玻玖は簡単にやってのけた。

……いや。

同じものをやっているように見えて、実はそれ以上のことをやっていた。

帝や側近たちにはほとんど区別はつかないが、同じ呪術師であればすぐに目につくほどのことを。

技術的には難しいはずなのに、玻玖は涼しい顔をして貴一以上の真似事をしていた。

それを見て、驚き、喜ぶ帝。

だが、この中で最も度肝を抜かれていたのは――貴一だった。

なぜなら、貴一はこれまで自分に匹敵するほどの呪術師と出会ったことがない。玻玖がついていけずに早々に勝負がつくと思っていたから尚更だ。

「……ほう。お主もなかなかやるな」

「いやいや、そんな。黒百合サンの呪術についていくのがやっとです」

と言いつつも、余裕の笑みがうかがえる玻玖の口元。

貴一に焦りの色が見え始める。

呪術に関しては絶対の自信を持つ貴一だったが、自分の呪術以上のものを簡単にやってのけてしまう玻玖を前にして、平静を装うので精一杯だった。

『このままでは、神導位の地位が危ない』

この言葉が、貴一の頭の中をよぎる。

「なんとまあ……困ったことじゃ。貴一、玻玖ともに呪術の力はほぼ互角。決着のつけようがないの～」

「それでしたら、素性の知れない男よりも、この三百年間おそばでお仕えしてきた黒百合家に、ぜひ神導位の継続を……！」

「う～む」

言葉を濁《にご》す帝に、息をするのも忘れて貴一は固唾《かたず》を呑む。

今回の呪披の儀は、これまでとは明らかに違った。本来であれば、とっくに神導位継続を言い渡されているはず。

それなのに、……帝が悩まれている。

こんな展開、貴一は経験したことがなかった。

「貴一よ」

「は……、はい！」

「神導位継続に際してじゃが、玻玖と互角で、これといった決め手に欠けるのじゃ」

――『これといった決め手に欠ける』。

その帝の言葉は、呪術の最高峰といわれる黒百合家当主の胸をえぐった。

「なにか、わらわも目にしたことのない新しい呪術はないのか？」

帝がそう言うや否や、貴一と八重は、ぽかんとして呪披の儀を見届けていた乙葉に目を向ける。

「ございます!!　帝様があっと驚かれるような呪術が！」

「ほう。それは一体なんじゃ？」

「世にも珍しい、未来が視える呪術です！」

それを聞いて、帝は目を丸くする。

帝自身もそんな呪術を使う呪術師を見たことがなかったからだ。

「なんと！　それはまことか！」

「はい！　我が娘、乙葉にその呪術の才が宿っております！」

これ見よがしに、貴一は乙葉の存在を主張する。

見学だけのつもりが、まさか突然自分の名前を出されるとは思っていなかった乙葉はとっさに愛想笑いを浮かべる。

「ほう。未来が視えるとは……。それはすごい力をお持ちのようだ」

玻玖からも感嘆の声が漏れる。

「玻玖はどうじゃ？　扱えんのかの？」

「帝サン、そんなに簡単に言わないでくださいよ。そのような高度な呪術、だれにでも習得できるものではないですよ」

「そうじゃの～。わらわも初めて聞くぞ」

玻玖と帝のやり取りを聞いて、貴一は満足げな笑みをこぼす。

「いやいや、ご謙遜されて。これほどまでの呪術師であらせられる東雲殿なら、それくらいたやすいものではないのですかな」

玻玖が未来を視ることができないと見越して、貴一はしたたかに煽《あお》る。

「帝様。僭越《せんえつ》ながら、乙葉の力をご覧いただき、神導位の座が黒百合家か東雲家かどちらにふさわしいかをお決めになられてはいかがでしょうか」

「ほう、それはよい提案じゃ」

貴一と帝の会話を聞いていた玻玖は、どこか不満そうな表情だ。

「ちょっと待ってくださいよ。俺はべつに、神導位になんて興味はな――」

「そういうことじゃ。よろしく頼むぞ、玻玖」

帝はそれだけ言うと、自室へと戻っていった。

うろたえる玻玖の姿を見て、貴一たちは陰で含み笑いをしていた。

そのあと、側近から伝えられた審判の方法はこうだ。

御所には、毎日多くの客の出入りがある。

呪術によって〝後《のち》の世《よ》〟を視て、今から今日の日付が変わるまでの間に御所にやってくる来客の風貌をこの三十分のうちでそれぞれ別室にて書きとめる。

両家から受け取った紙に書かれた客の風貌と、実際に現れる客の風貌が同じかどうかを確かめるのだ。

結果は次の日に下されるということで、呪披の儀が四日目にも及ぶ異例の事態となった。

別室に通された黒百合家。

途端に、貴一と八重はこらえきれずに笑い出した。

「これで、神導位継続も決まりですわね」

「ああ。まさか乙葉を頼ることになるとは思わなかったが、やはり連れてきて正解だった」

「それにしても、貴一さん。あの若僧が乙葉と渡り合うことなどできるはずもないとわかっていて、なぜあえて手合わせを？」

「そんなの決まっておるだろう。あいつの鼻をへし折るためだ。少し呪術が使えるからと粋がりおって。黒百合家相手ではまったく勝負にならんところを見せつけて、帝の前で恥をかくがいい！」

そう言って、貴一は大声で笑う。

「まあ、貴一さんったら意地悪なことをされるわ。今ごろあの若僧、きっと別室で泣いてることでしょうね」

八重も口元に手を当てて、クスクスと笑っている。

「本来三日間で終わる呪披の儀が、まさか明日に持ち越しになるとは思わなかったがな。使用人たちに伝えておくか、屋敷への到着が一日遅れると」

「そうですわね。文を飛ばされたほうがいいわ」

御所の手入れの行き届いたすばらしい庭園を余裕綽々《よゆうしゃくしゃく》と見つめる貴一と八重。

その後ろで、乙葉は目をつむり呪術を発動させていた。

「乙葉。調子はどうだ？」

「……視えるわ。一時間後にここへお越しになるお客様の姿がはっきりと」

乙葉は、迷うことなく渡されていた紙にその客人たちの風貌を書いていく。

しかも、乙葉の力は高まっていて、視える範囲が広がっていた。

これまでは、視えてもせいぜい三～四時間後までであったが、ここにきて約六時間先まで視えるようになったのだ。

今から六時間のうちに、御所には八人の客人がくることが乙葉には視えていて、それら客人の着物の色や特徴的なことを細かく書き記した。

「すごいわ、乙葉！　さすが、私たちの自慢の娘ね！」

「だけどお母様、わたくしが視えるのはここまで。でも、ここに書き記すのは今日の日付が変わるまでの客人の風貌でしょう？　わたくしには、そこまでは視えないわ」

やれるところまでやった乙葉は、筆を置くとぐーんと伸びをした。

「乙葉は十分やってくれた。帝もそれを評価されるだろう」

貴一は乙葉が書いた紙を手に取ると、まじまじと眺める。

「そもそも、あの男には乙葉に視える後の世さえも視えてはいない。きっと勝負は、初めの数人で決まるだろう」

「じゃあわたくし、少しお休みしてもいいかしら？　なんだか疲れちゃった！」

「ああ。ゆっくりしていなさい」

そのあと、指定された時間どおりに側近がやってきて、乙葉の書いた紙を持って帰った。

「あの男、どんなデタラメを書いているか楽しみだな」

「貴一さん、悪いお顔をされているわ」

貴一と八重は顔を見合わせて笑った。

本日の呪披の儀はこれにて終了。

明日、もう一度御所へ赴き、二人の審判の結果が言い渡される。

御所から宿泊している宿へ戻るとき、貴一たちは赤と白の矢羽根《やばね》模様の着物を着た女性とすれ違う。

向かう方向からすると、おそらく御所だ。

その女性は、乙葉が一番目に書き記した客人の風貌と合致していた。

「そうそう、あの方。わたくしには視えていたわ」

得意げな顔をして乙葉は鼻唄を歌う。


そして、次の日。

いよいよ神導位が決まる呪披の儀、異例の四日目。

帝の前に、黒百合家の三人と東雲玻玖が座る。

「よく集まってくれたの〜。昨日の審判の結果、両家には圧倒的な差があった。前置きは不要であろうから、さっそく神導位なる者を申し伝えるぞ」

帝の言葉に、貴一はニヤリと口角を上げた。

——圧倒的な差。

当たり前だ。

六時間先まで視える乙葉と、その呪術を持たないあの男とでは勝負になるはずもない。

帝があのような男を連れてきたのは誤算だったが、これでようやく黒百合家の神導位継続が決定する。

貴一は心の中でそうつぶやき、勝利を確信していた。

だからこそ、そのあとに帝から言い渡される言葉に耳を疑った。

「新たな神導位には、東雲玻玖を命ずる」

一瞬、この場の時間が止まったかのようにしんと静まり返る。

だれも声を発しない。いや、発することができなかった。

なぜなら、黒百合家の貴一、八重、乙葉は、驚きのあまり口をぽかんと開けたまま固まっていたのだから。

「み、帝様……。今、なんと……」

「……え？　神導位が……黒百合じゃない？」

「どうして……。わたくしの力は完璧なはずのにっ」

三人は、現状の理解に苦しんでいた。

そんな三人の前で、貴一が今回の呪披の儀で返還した神導位の証である月光晶が、帝の手によって玻玖へと引き渡される。

「困ります、帝サン。俺はなにも神導位になるつもりなどないのに。辞退してもいいですか？」

「相変わらず、そなたはおもしろいことを言うの～。わらわの命《めい》は絶対じゃ。この五年、神導位としてその務めを果たすように」

「……と言われましても。それに、今ここでこんな水晶《もの》をもらっても荷物が増えるだけなのですが」

玻玖は小言を漏らしながら、渋々月光晶を受け取る。

この三百年もの間、長きにわたり黒百合家の誇りとして守り続けてきた月光晶。

それを、突然呪披の儀に連れてこられただけの呪術師の手に触れられることが、貴一はとてつもなく耐え難かった。

「お待ちください、帝様！　これは一体、どういうことでしょうか!!」

貴一は立ち上がり、声を荒らげる。

「どうした、貴一よ。そなたが大声を出すとは珍しいの～」

キョトンとした表情で、帝は貴一に目を向ける。

「なぜ、最高の呪術師の地位である神導位を、このようなどこの馬の骨とも知れない男にお授けになるのでしょうか……！」

「なにを言う。そなたが一番わかっておるではないか。神導位は、『最高の呪術師の地位』であると。今回その最高の呪術師というのが、東雲玻玖であったというだけじゃ」

貴一にはまったく理解できなかった。相手が帝ということも忘れて己の主張をする。

「そんなはずありません……！　なぜなら我が娘、乙葉はたしかに先の出来事を言い当てたはず！」

「そうじゃの～。まだ十六という齢《よわい》でありながら、黒百合乙葉のその力は見事であった。よくあれほど的確に、客人の風貌が視えたものじゃ」

「でしたら――」

「視えたのは、初めの八名だけのようじゃがの」

帝は、ゆったりとした振る舞いで柔らかく微笑む。

「……え？　と、言いますと……」

「昨日、ここへ参った客人は全部で十七名。玻玖は、その者らすべての風貌に加え、参る時間もすべて正確に言い当ておった」

「十七名……すべて!?」

「そうじゃ。もはやこれは、『圧倒的な差』という以外になにもなかろう」

決定的な帝の言葉に、貴一は愕然として膝《ひざ》から崩れ落ちる。

そして、怒りの矛先《ほこさき》は玻玖へと向けられる。

「……おのれ、貴様！　どのようなイカサマをした!?」

「イカサマもなにも、他人《ひと》より少しだけ先の世が視えるだけです」

「なにを……！　今の世で、乙葉以外に視える呪術師など聞いたことがない！」

「どうやらそのようにお思いで。ですが俺は、その呪術は『使えない』などとはひと言も言った覚えはありません」

玻玖に言い負かされた貴一は、一瞬言葉に詰まる。

たしかに、玻玖はそんなことは一切言っていなかった。

そうだったとしても、すぐに納得できるはずもない。

「それにそもそも、呪術師としても胡散臭《うさんくさ》い貴様が乙葉以上に視えているだと⁉」

「まあ、そういうことになりますね」

玻玖の口角が少しだけ上がった。

さらに、細長くつり上がった目の狐の面のせいで、貴一は自分が馬鹿にされ笑われているように思えた。

「……貴様ぁ!!」

怒りをあらわにする貴一の体の周りには、まるで湯気がゆらゆらと揺らめくように空気の層がうねる。

ビリビリとした感覚が肌を刺し、貴一の圧が重くのしかかる。

だれが見ても、我を忘れて玻玖に向けて負の呪術を発動しようとしているのが伝わってきた。

「貴一よ、なにをしておる」

「帝様、そこでしかとご覧くだされ。今から、こやつの化けの皮を剥がします。そうすれば、きっと帝様もお考えをお改めに——」

玻玖が面越しに貴一を見つめる。

「やれるものならやってみてください」

そして、玻玖が静かにひと言だけそう発した途端、なぜかさっきまでの貴一の圧が一瞬にして消え去った。

一番驚いていたのは、貴一自身だ。

なぜなら、再度呪術を発動しようにも、まるで体に力が入らず呪術が使えないからである。

このような事態は初めてのこと。

「……貴様！　わしになにをした!?」

「肌がビリビリと痛かったもので、黒百合サンの呪術を無効化する術をかけさせてもらいました」

「なに!?　このわしにそのような呪術をかけただと……!?」

「はい。怒っていらっしゃって冷静ではなかったので、術をかけるのもそう難しくはなかったです」

玻玖に一本取られ、貴一は赤面して悔しがる。

「ホッホッホ〜、勝負あったの〜。貴一を打ち負かすとは、さすが『最高の呪術師』。

たいしたものじゃ。これでわかったであろう、貴一」

「……しかし！」

なおも異議を唱えようとする貴一に、さすがの帝の垂れた目尻も釣り上がる。

「いい加減にせんか。前神導位でありながら、なんと見苦しい。それとも、玻玖に対する負の呪術の発動を咎めてほしいのかの～？」

帝に釘を刺され、貴一はぐうの音も出ない。歯を食いしばり、何度も拳で畳を殴り続けていた。

すると玻玖は、そんな貴一の前へゆっくりと歩み寄ると、かがんで貴一に顔を向ける。

そして、片手で抱えていた月光晶を差し出した。

「それなら、お返ししましょうか？　神導位の〝地位〟と、この〝証〟……とやらを」

「……なんだと!?」

「初めにも言いましたとおり、俺は神導位になんて興味はありませんので。それなら、どうぞ黒百合サンに」

このとき、貴一は不覚にも迷ってしまった。

ほんの一瞬だけ。

しかしすぐに、帝の命令が覆るわけがないと悟り、玻玖を睨みつける。

「馬鹿にするのも大概にしろ！　貴様からなど、情けは受けぬわ！」

貴一は鼻息を荒くする。

こんなに取り乱した貴一を見るのは、八重も乙葉も初めてだった。

「それに貴様のその軽率な言動は、『神導位』の地位を言い渡した帝様をも侮辱することと同じであるぞ！」

「……たしかにそうですね。これは失礼しました、帝サン」

帝に対して、玻玖は軽く頭を下げる。

「よいよい。そなたがこれから立派に神導位の務めを果たすのであれば、わらわはなにも言わん」

「立派に務めを果たせるかはわかりませんが……。それじゃあ、俺はそろそろお暇《いとま》します」

「そうか。ご苦労であった」

「……待て、東雲！」

立ち去ろうとする玻玖を貴一が呼び止める。

「まだなにか……？」

「貴様ならその呪術で、翌日どちらが神導位の地位を言い渡されるのかが……視えたのではないのか？」

貴一の言葉に、玻玖の肩がわずかに動く。そして、遠くのほうに目を移す。

「そうですねぇ。視ようと思えば」

「ならば、こうなるということはわかっていたということか？　それとも、よほど自分に自信があってその必要もなかったか……」

「そんなことないですよ。買いかぶりすぎです。今回は帝サンに、視るようにと言われたからそうしただけのこと。予《あらかじ》めなにが起こるかわかっていたら、人生つまらないでしょう」

玻玖は貴一に目を向けて微笑む。

「……そうです。最後にこの眼で後の世を視たのは、もうかれこれ……三百年も前のこと」

玻玖は、庭園の空を仲睦《なかむつ》まじく舞う二羽の小鳥を眺めながら、貴一には聞こえないくらいの小さな声でつぶやいた。

「それに、本来であれば俺はあのとき帰るつもりでした。ですが、黒百合サンがああおっしゃったので」

玻玖に言われ、貴一は思い出してはっとする。

『玻玖はどうじゃ？　扱えんのかの？』

『帝サン、そんなに簡単に言わないでくださいよ。そのような高度な呪術、だれにでも習得できるものではないですよ』
『いやいや、ご謙遜されて。これほどまでの呪術師であらせられる東雲殿なら、それくらいたやすいものではないのですかな』
自分があんなことさえ言わなければ、今ごろは——。
と、貴一は後悔の念に駆られるのだった。

# 第三章　縁談の申し出

こうして、長きにわたる『神導位』の座から外された黒百合家。

御所のある都ではたちまち噂が広まり、民衆の間では激震が走った。

あちらでもこちらでも、人々の話題は呪披の儀について。

黒百合家を惜しむ声もあれば、長年の神導位という地位にあぐらをかいていたのだろうとあざ笑う声も聞こえた。

そんな会話など耳にもしたくない貴一たちは、都で土産などの買い物もせずに、翌朝にはすぐに荷物をまとめて逃げるように帰ることになったのだった。

和葉は、貴一たちが帰ってきた翌日の新聞で呪披の儀の結果を知った。

『東雲玻玖』という名の呪術師が新たな神導位に選ばれたと。

しかし、玻玖に関する情報はほとんど記載されていなかった。

狐の面をつけた不思議な男ということくらいしか。

そもそも、『東雲』という呪術家系もこれまでに聞いたことがない。

そんなぽっと出の呪術師が、果たして黒百合家を打ち負かし神導位になることなどできるのであろうか。

和葉は、未だに信じられずにいた。

呪披の儀のあと、貴一は部屋にこもってなにかを調べているようだった。

八重は、屋敷に戻ってからも周りの噂が気になって外には出たがらず、八重の力を求めてやってきた患者たちも突き返した。

乙葉は、玻玖に負けたからといっても鍛練する様子もなく、腹いせに和葉や使用人たちをこれまで以上にいびった。

しかし、一ヶ月もすれば徐々に八重の機嫌ももとに戻り、乙葉を連れて買い物にも出かけるようになった。

そして、調べものをしていた貴一があるものを見つける。

「これだっ！　『東雲』……、まさかこんなところにいたとは」

貴一は、蔵から引っ張り出してきたある書物を持って、居間でお茶を楽しむ八重と乙葉のところへやってきた。

八重たちとは反対側の席で和葉も出されたお茶を飲んでいたが、貴一は和葉のことなど気にもとめない。

「まあ、どうしたの？　貴一さん」

「二人とも、これを見てみろ」

貴一は、持ってきた古い書物をテーブルの上に置く。

「お父様、……これは？」

「黒百合家がこの三百年、神導位についてからの記録が書かれてあるものだ」

「ふ～ん、そうなんだ」

乙葉は興味なさそうにつぶやくと、埃《ほこり》っぽい書物を指先でわずかに挟んで汚いものを扱うように表紙をめくる。

年代別に、神導位着任時期とそのときの当主の名前が書かれてある。

これと同じものに貴一も神導位継続のたびに書き記していて、貴一が手にしているものは六冊目。

テーブルにあるものは最初の一冊目となり、約三百年前に黒百合家が神導位の座に着任したときに書きとめ始めた記録だった。

「……で、これがなんだっていうのかしら？」

八重は首をかしげる。

「『東雲』という名前……。最近では聞かなかったが、以前どこかで見たことがあるような気がしてな」

そう思って貴一は一人で調べ、黒百合家の蔵に保管されていたこの書物を見つけたのだった。

貴一は、最初のページをめくる。

それを見た八重と乙葉は、お茶といっしょに食べていたクッキーを持つ手を思わず止めた。

なぜなら、そのページには――【東雲】という文字があったからだ。

内容は、黒百合家が初めて神導位になったときのもので、東雲家からその座を勝ち取ったと記してあった。

つまり、黒百合家が三百年前に神導位の座につく前に着任していたのが、――東雲家だったのだ。

聞こえてくる話から、和葉でもだいたいの内容は把握できた。

「つまり、あの東雲玻玖という男は、黒百合家が神導位になる前に神導位だった呪術師の子孫ということ？」

「そういうことになるな」

首をかしげて尋ねる乙葉に、貴一はうなずく。

貴一は三百年前の黒百合家のことや、当時の東雲家についても調べようとした。

しかし、蔵にある書物の中ではこれが最も古いようで、それより前のものは残されていなかった。

「これ、三百年前の書物なのね～。どうりで汚いと思った。でも、どうしてそれ以前のものはないの？」

乙葉は再びクッキーをかじりながら、貴一に顔を向ける。

「わしも先々代から聞いた話だが、どうやらちょうどその時期、この屋敷が火事になったそうだ」

火事は黒百合家の屋敷を呑み込み、蔵にあったそれまでの書物もすべて灰になったのだそう。

「いくら調べても、あの『東雲玻玖』という男の素性はわからなかったが、黒百合家以前の神導位の子孫だということだけははっきりした」

三百年間続いた黒百合家から、神導位の座を勝ち取ったのはどのような呪術師なのか気になっていた和葉だったが、聞こえてくる貴一の話で納得した。

「『東雲』という名の呪術家系、あの日まで耳にしたことなどなかった。この三百年の間どこでなにをしていたかは知らんが、落ちぶれた呪術家系のくせになんと生意気な……！」

貴一は恨みのこもった表情でギリッと奥歯を噛む。どうしても、東雲家が神導位になったのが許せなかったのだ。

ところが、そんな貴一のもとへ、ある日突然とある文が送られてくる。

それは、呪披の儀から三月《みつき》近くがたったころ。

先日、和葉と乙葉は十七歳の誕生日を迎えた。

貴一と八重は、手配しておいたバースデーケーキで乙葉の誕生日を盛大に祝った。

その日、乙葉は誕生日プレゼントとして、ほしいものをいつも以上に買ってもらいご満悦。

一方、和葉にはバースデーケーキは用意されておらず、ただその日を境に十七歳になったというだけのいつもと変わらない一日を過ごした。

プレゼントは、乙葉が自ら選んで買ってもらったものの、結局なにか違うと言って一度も着なかった着物の中から八重が適当に選んだものを与えられた。

プレゼントというよりは、『お下がり』と言っていい。

黒地に大ぶりの椿《つばき》の花の絵があしらわれた派手な着物。

もちろん、和葉には似合わない。

しかし和葉は、自分のためにわざわざ選んでくれたということに感謝をし、そこに八重からの愛を感じる。

「ありがとうございます、お母様……！」

「いいのよ。和葉は、なにをあげても喜んでくれるからお母様もうれしいわ」

そう言って、八重は微笑んでみせる。

和葉にとってはもらった着物よりも、それ以上に八重の笑顔が今だけ自分に向けられていることのほうがうれしかった。

こうして、またひとつ歳を重ねた和葉と乙葉だが、黒百合家に生まれた女子にとって、〝十七〟とはある特別な年齢でもあった。

というのも、黒百合家の女は、十七歳になれば一人前の女性として見なされる。

つまり、将来ともにする相手を見つけるための縁談話が持ちかけられるのだ。

神導位から外されたからといって、呪術界においての黒百合家の力は絶大。他の呪術家系は、今か今かと黒百合家の娘が十七歳になるのを待っていた。

そのため、和葉と乙葉の誕生日には、あちらこちらから縁談の文が届いたのだ。

「見て！　お父様、お母様！　わたくしと結婚したいとおっしゃる方が、こんなにたくさん！」

大量の文の数に、乙葉は喜ぶ。

酔いしれる乙葉は、自分ではなく黒百合家との繋がりがほしいがための縁談ということにはまったく気づいていない。

「この中から、将来のわたくしのお婿《むこ》さんになられるお方がいらっしゃるのね」

「そうではあるが、急ぐことはないぞ。黒百合家のこれからに関わる大事な婿だ。慎重に選ばなくてはな」

「そうね。なにも十七歳になったからといって、すぐに結婚しなければならないわけではないのだから」

と言う貴一と八重は、乙葉がかわいすぎるあまり、当分の間は縁談させたくないというのが本音であった。

「……あら？」

そんな大量の文の中から、乙葉はある差出人からの文を見つける。

「お父様！　これ……！」

驚いて目を丸くした乙葉が、その文を貴一に差し出す。

それを見た貴一は、瞬時に眉間にしわを寄せた。

そこに書かれていた差出人の名前とは、――『東雲玻玖』。

そう。呪披の儀で黒百合家を打ち負かした、あの東雲家当主からの文だった。

「あやつめ……！　なにかの冷やかしか!?」

激昂した貴一は、荒々しく封筒の口を手でむしり取る。

そして、怒りのままに力の入った指先で中に入っていた文をつかんで引き出した。

そこに書かれていたのは、黒百合家の長女を嫁として迎え入れたいという内容だった。

「うちの乙葉を……あの東雲にだと!?」

憤慨する貴一。

貴一の指先の圧で、文がくしゃくしゃにしわになっていく。

「イヤよ、お父様！　わたくし、あんな狐の面の変な男のところへ、お嫁になんか行きたくないわ……！」

「わかっている、乙葉。だれがあのようなやつのところへなど、大事な娘をやるものか！」

「本当に、無礼にも程があるわ！　乙葉は黒百合家の大事な跡取りだというのに、嫁にこいだなんて！」

三人の結束は固く、玻玖の文は貴一によって細かく破り捨てられた。

……しかし。貴一と八重の頭の中には、ほんの一瞬だけ東雲家との縁談もよぎった。

というのも、現神導位は東雲玻玖。

神導位の呪術家系から縁談を持ちかけられたのなら、それだけで断る理由などない。

だが、将来黒百合家を背負って立つ優秀な呪術師の乙葉をみすみす嫁にやるわけにはいかない。

かといって、玻玖が婿にくるといっても、あのいけ好かない男が婿養子……。

一番いいのは、和葉が少しでも呪術を持っていてくれさえすれば、喜んで乙葉の代わりに東雲家へと嫁がせたのにといったところだ。

それからも、黒百合家には全国各地の呪術家系から縁談の文が送られてきた。

驚いたことに、貴一が破り捨てたあの東雲家からもこりずに文が届く。

あれほど、東雲家には嫁にやらんと言い張っていた貴一だったが、玻玖から送られ続けてくる文を見て、少しずつ気持ちが揺らぎ始めていた。

——そして、ある日。

貴一の部屋に、『大事な話がある』と言われて呼ばれた八重と乙葉。一応、和葉も。

貴一は座布団の上であぐらを組んで座り、その貴一と向かい合うようにして八重と乙葉が正座をする。

和葉は、まるで空気かのように存在薄く部屋の隅で正座をして、三人を後ろから眺めていた。

「〝大事な話〟ってなに？　お父様」

「ああ。それは……、乙葉の縁談についてだ」

「わたくしの……!?」

想像もしていなかった貴一の言葉に、乙葉は目を丸くして驚く。隣にいる八重も同じような顔をしている。

「貴一さん、急にどうされたの!?　ほら、貴一さんだって前に、急ぐことはないっておっしゃってて——」

「そうだったのだが、いい相手を見つけてな」

それを聞いて、乙葉は目を輝かせながらパンッと手をたたく。

「もしかして！　火野《ひの》家の三男というお方かしら!?　お写真を見て、とても整った顔をされていると思っていたわ！　あの方でしたら、一度お会いしてもよろしくてよ」

乙葉は男前に目がない。

火野家の三男の写真を見て、日ごろから『かっこいい』とつぶやいていた。

しかし、貴一は首を横に振る。

「あら、違うの？　じゃあ、どなた？」

あからさまに声が低くなり、乙葉は不服そうに頬を膨らます。

そんな乙葉に、貴一はゆっくりと視線を送る。

「乙葉の縁談相手として決めたのは、東雲家当主だ」

それを聞いて、静まり返る部屋。

八重と乙葉も口をぽかんと開けている。

そして、すぐに目を見開く。

「お父様、どういうこと!?　わたしくし、あの方はイヤって言ったわよね!?」

「そうですよ、貴一さん！　なぜ、よりにもよってあの男のところへ!?　しかも、どういうおつもりですの!?　大事な乙葉を嫁へ!?　それとも、あの男を婿に!?　私はどちらも反対です！」

女性二人の剣幕はものすごく、負の呪術を発動するかと思われるようなオーラが放たれている。

「ありえない！　絶対にありえないわ!!」

「貴一さん、冗談ですよね!?　もし本気でいらっしゃるなら、考え直してくださ
い！」

感情のままに詰め寄ってくる二人に、貴一はやれやれとため息をつく。

「……二人とも、いったん落ち着きなさい」

「落ち着けるわけないでしょ!!　わたくしの人生がかかっているのだから！」

「乙葉の言うとおり！　絶対に乙葉は手放しません!!」

乙葉も八重も、貴一に噛みつきそうな勢いだ。

金切り声が響く部屋は、耳が痛くなるほど。

「二人の言い分はわかったから。……だから、いったん落ち着くようにと言っておる
だろう！」

貴一は使用人にお茶を持ってこさせ、一度八重と乙葉を座り直させる。

ズズズと湯呑みに入ったお茶をすする二人。

「……まったく。ようやく静かになったか」

貴一も湯呑みのお茶をひと口飲む。

そして、それをそっと畳の上に置く。

「話はまだ途中だ。文句があるなら、最後まで聞いてからにしなさい」

貴一にそう言われ、乙葉は口を尖らせる。

「……わかったわ。それでお父様、どういうことかしら？」

「ああ。先程も言ったとおり、乙葉の縁談相手は東雲家にしようと考えている」

その言葉に、再び八重と乙葉は眉間にしわを寄せる。

「だが、乙葉を東雲家に渡すわけでも、あやつを婿に迎えるわけでもない」

それを聞いて、乙葉は首を傾げる。

八重もよく意味がわからず、難しい顔をしている。

「このまま、乙葉の縁談を進める。そして、嫁入りしたその日に、乙葉にはあることをしてもらう」

「あること？」

キョトンとする乙葉に対して、貴一は不気味に笑う。

さらに、ククククという小さな笑い声も漏れている。

「それは、乙葉の負の呪術で……あやつを殺すことだ」

その恐ろしい貴一の計画を聞いて、思わず声を発しそうになった和葉は、慌てて口を手で塞ぐ。

なにを考えているのかと思えば、貴一は東雲玻玖の暗殺をたくらんでいた。

乙葉が玻玖と婚約を交わし、結婚して東雲家の人間となったその日に——。

当主の玻玖を殺し、東雲家を乗っ取ろうというのだ。

縁談を申し出ているのは、玻玖自身。

まさかその縁談相手である乙葉が、はなから自分の命を狙って嫁にくるなど夢にも思っていないはず。

仲睦まじい関係を上辺だけ繕《つくろ》っておき、夫として油断しているところを殺そうという計画だ。

「乙葉は、容姿、呪術ともに自慢の娘だ。乙葉にうつつを抜かしているあやつになら、負の呪術をかけるのもたやすいだろう」

それに、東雲家は玻玖以外に跡継ぎはいない様子。

玻玖さえ葬ってしまえば、東雲家は乙葉のものとなり、また現神導位が亡くなったことで、神導位の座は再び黒百合家に戻ってくるだろうというたくらみだ。

黒百合家にとって、東雲家は邪魔な存在。

だからといって、そう簡単に排除できるわけもない。

そこで、偽りの花嫁として乙葉を送り込み、東雲家を内側から直接潰そうというのだった。

負の呪術は、種類によっては突然死を装って相手を殺すこともできる。

つまり、玻玖を病死と偽って殺めることも可能なのだ。

「そうなれば、すぐに乙葉は黒百合家に戻ってこさせればいい。東雲家から、もらうものをすべてもらってからな。人生をともに歩むと誓ったはずの夫がいないのだから、みなが乙葉を憐れみ、だれも文句は言わんだろう」

帝も、まさか黒百合家が負の呪術を悪用しようと考えているとも思っていない。

それに、バレなければお咎めもないのだから。

黒百合家なら、負の呪術の隠蔽《いんぺい》もたやすい。

それを聞いた乙葉は、ごくりとつばを呑み込む。

「お……お父様、お話はわかったけど……。わたくし、そ……その、人を殺めるだなんてそんなこわいこと――」

「だったら、乙葉はあやつが動けないように負の呪術で縛ればよい。あとは、屋敷に忍び込んだわしが始末しよう」

貴一のたくらむ恐ろしい計画を、和葉は息を殺して部屋の隅で聞いていた。

そんな和葉に、貴一は鋭い視線を向ける。

「和葉、この話は他言無用だぞ」

和葉は緊張した面持ちで、とっさに何度も首を縦に振る。

「そうか。和葉は物わかりがいいからな。それでは、黙ってわしの言いつけを聞けるか？」

その言葉に、和葉ははっとして顔を上げる。

——〝言いつけ〟。

これを守れば、お父様に褒められる。

でも——。

和葉は、貴一に褒められたいと思う一方、顔は知らないが東雲家当主という一人の人間が殺されるかもしれないという気持ちに苛《さいな》まれていた。

「わかったな、和葉」

しかし、貴一にそう念押しされると、どうしても自分の感情よりも貴一の言葉を優先せざるをえなくなる。

それから、東雲家との縁談話はトントン拍子に進んだ。

裏で恐ろしい暗殺計画が立てられているということは、黒百合家の者以外だれも知らない。

そして、新しい年を迎えた数日後。

今日は、乙葉との正式な婚約を申し込みに、玻玖が黒百合家へ挨拶にくる予定となっている。

玻玖と会うのは呪披の儀以来、約九ヶ月ぶりだった。

乙葉は朝から使用人たちに囲まれ、おめかし。

まだ挨拶にくるという段階だが、すでに結婚式のお色直しかと思うような気合の入れようだ。

もちろん着物は、この日のために用意したもの。

「きれいよ、乙葉。さすが私の娘！」

鏡を見てうっとりと眺めていたのは乙葉自身だけでなく、八重も娘のかわいさに見とれていた。

「こんなにかわいらしい乙葉を見たら、きっとあの狐男《きつねおとこ》も目を奪われること間違いなしね。呪披の儀よりさらに色っぽくなって、男ならだれでも釘付けよ」

「も～、お母様ったら褒めすぎよ。まあ、わたくしの容姿なら、だれもが妻として隣に連れて歩きたいでしょうけれど」

乙葉の部屋からは、二人の楽しそうな声が聞こえる。

和葉は、自分の部屋にこもって読書をしていた。

今日に限ったことではないが、この日の主役は乙葉。陰のような存在の自分は、物音ひとつ立てずにじっとしておこうと。

しばらくすると、なにやら外が騒がしい。

「旦那様、奥様！　東雲様のお車がお着きに……！」

廊下からは、そんな使用人の声が響いてくる。

和葉は読んでいた本を閉じると、部屋の窓へと向かった。

和葉の部屋は、左側に玄関が見える位置にある。窓の陰から様子をうかがえば、少しだけ来客の姿が見えるのだ。

黒百合家の門をくぐってやってきたのは、紺青色《こんじょういろ》の着物を着て、和傘をさす一人の男。

なぜ傘をさしているかというと、先程まで晴れていたというのに、まるでその男が連れてきたかのようにいつの間にか薄暗い雲がかかり、はらはらと雪が降り出してきたのだ。

黒百合家の屋敷に向かって石畳の上を歩く男を、和葉はそっと部屋の窓から見つめた。

……あれが『東雲玻玖』。お父様によって、殺されるお方――。

和葉は心の中でつぶやく。

しかし、なぜかその声が聞こえたかのように、いったん足を止めた玻玖が、和葉の覗く部屋の窓に迷うことなく目を向けた。

傘から見えたのは、新聞で読んだとおり顔の左目部分を白い狐の面で隠している男の顔。

なぜか目が合ったような気がして、和葉は慌てて窓の下へとしゃがんで隠れた。

「……びっくりした。今……わたしの視線にお気づきに……？」

和葉はおそるおそるもう一度窓から外をうかがうと、そこにはもう玻玖の姿はなかった。

「まさか……ね。あの距離から、部屋にいるわたしの姿に気づくはずもないもの」

速くなった鼓動を落ち着かせるために、和葉は自分に言い聞かせる。

そのとき、部屋の外から足早に階段を上ってくる音が響いた。

その足音は和葉の部屋の前で止まり、手荒にノックがされ、和葉の返事も聞かずに部屋のドアが開け放たれた。

やってきたのは、立派な黒い着物に身を包んだ貴一だった。

「和葉、こんなところでなにをしている。お前も客間へきなさい」

「……えっ。ですが、今日は乙葉の縁談の挨拶では――」

「だからこそだ。将来、黒百合家を継ぐ大事な乙葉の縁談。上辺だけとはいえどのようなものか、和葉も見ておくといい」

「は……はい！」

驚きながらも、和葉は少しだけ頬がゆるんだ。

妹の縁談の場に居合わせるということは、『家族』として見てもらえているのではないかと。

「けれど、お父様……」

そう言って、和葉は自分の着ている着物に目を移す。

何度も繕い、所々に染みもある古くて汚れた着物だった。

「わたしの着物では、とても東雲家当主様の前に出るわけには――」

そこが気がかりの和葉に、貴一は冷たく言い放つ。

「その必要はない。和葉は客間の外にいなさい」

その貴一の言葉に、和葉の顔からスッと笑みが消える。

……ああ、やっぱりそうか。

わたしは、部屋にも入ることができないのか。

和葉は切なそうに貴一を見つめるが、貴一はその視線には一切気づいていない。

「着物はそれでいい。お前は客間の外で気配を消して、東雲家当主に気づかれないようにして話を聞いておればいい」

黒百合家の者として、乙葉の縁談を見ておくようにという貴一だが、和葉が客間にいるのは都合が悪かった。

和葉は、病気で寝込んでいると噂されている。

元気に屋敷の中を歩き回る姿など、玻玖に見られるわけにはいかなかった。

客に見られないのであれば、和葉がどんなにみすぼらしい着物を着ていようとかまわない。

貴一が言いたいのは、そういうことだ。

「わかったな、和葉」

「……はい」

和葉は口を真一文字に結びながらうなずくと、貴一に連れられて客間へと向かった。

貴一には、ここで待てと言われる。

言われた場所で、和葉は冷え切った廊下に正座をする。

ひんやりとした冷たさが、足先から徐々に上半身へと伝わってくる。

和葉がかじかんだ両手を温めようと、はぁっと息を吐くと白かった。

「よろしいですかな、東雲殿」

寒さで震える和葉をその場に残し、貴一、八重、乙葉の順に玻玖がいる客間へと入っていく。

乙葉は、障子の陰に座る和葉を見下ろし、フッと嫌味な笑みを浮かべながら。

「いや〜。大変お待たせして申し訳ない、東雲殿」

神導位の座を奪われたことであれだけ玻玖を逆恨みし、暗殺までくわだてていた貴一。しかし、それが悟られぬように、友好的な雰囲気を醸し出していた。

「東雲様、遠路はるばるようこそお出でくださいました」

「お久しぶりでございます。乙葉です！」

八重も乙葉も、いつもより高い声で貴一のあとに続く。

しばらくの間は、世間話をしているようだった。

玻玖はあまり語らず、貴一たちが一方的に話していた。

「――ということで、東雲殿。そろそろ本題に入らせていただきましょうか」

取り繕った会話をある程度終えた貴一が、玻玖にそう伝える。

いよいよだ。

和葉は部屋の外から聞きながら、ごくりとつばを呑む。

ここで縁談が決まれば、乙葉が東雲家へ嫁ぐことになる。偽りの花嫁として。

そうとも知らない玻玖は、縁談を断るわけがない。

自分から縁談の申し出をして、こうして挨拶にきたのだから。

「まさか、現神導位である東雲殿から、縁談のお話をいただけるとは思ってもいませんでした」

「黒百合サン。神導位の話はここではなしで。今日は、大事な娘さんに会いにきたまでです」

「おっと、そうでしたな。これは失礼」

貴一は、玻玖に白い歯を見せて笑ってみせる。

腹の底では、神導位の自慢話をされても気分が悪かったが、力があるにもかかわらずひけらかさない玻玖の謙虚な言動も貴一は気に食わなかった。

玻玖は、貴一と八重の間にちょこんと正座する乙葉に目を移す。

乙葉は、狐の面を被った玻玖と目が合ったような気がした。

本当のところは『気味が悪い男』と思いつつも、とりあえず愛想笑いを浮かべる。

だが玻玖は、そんな乙葉からあっさりと視線を外した。

「……で、我が東雲家に嫁いでくださる娘さんはどちらですか？」

突拍子もない玻玖の言葉に三人はキョトンとする。

「東雲殿、なんのご冗談を」

「そうですよ、東雲様。嫁となる乙葉はここにいるではありませんか」

そう言う貴一と八重に挟まれた乙葉は、これでもかというほどの笑顔を振りまく。

その笑顔は、たいていの男であれば思わずにやけてしまうほどのかわいらしいものだった。

しかし、口をつぐんだままの玻玖の頬は一切ゆるまない。

「そちらこそ、なんのご冗談でしょうか。俺が縁談の申し出と文を出した相手は、この娘ではありません」

「突然なにを……！　東雲殿は呪披の儀で乙葉を気に入られ、縁談の話をくださったのではないですか」

「失礼ですが、それはそちらの勘違いでしょう」

予想だにしない展開に貴一たちは困惑する。

和葉のいる場所からでも、慌てふためく三人の様子が読み取れた。

「黒百合サン。ちゃんと文に書いたと思うのですが。『黒百合家の〝長女〟を嫁として迎え入れたい』と」

面越しに玻玖の鋭い視線が刺さり、貴一は思わずつばを呑み込む。

「で……ですが！　乙葉は黒百合家を代表する優秀な呪術師です！　きっと東雲家のお役に立てると――」

「彼女は、〝次女〟ですよね？　俺が縁談を申し出た相手と違う娘を連れてこられては困ります」

とびきりの笑顔が通じないどころか、玻玖からは門前払いを食らい、今までに経験したことのない屈辱に、乙葉は顔を真っ赤にして目に涙を浮かべる。

「そうは言われましても、乙葉以外……東雲殿に見合った嫁になる娘など――」

「いますよね、そこに」

貴一の話を遮るようにして、玻玖は部屋の外へ顔を向ける。

「この客間の外で、冷たい床に座らされている――黒百合家の〝長女〟が」

するとそのとき、客間の障子がひとりでにパッと開いた。

それは、玻玖の呪術で開け放たれたものだった。

「……お待ちください、東雲殿！」

制止しようとする貴一には目もくれず、立ち上がった玻玖はゆっくりと客間の外へ。

初めからそこにいるとわかっていたかのように、迷うことなく廊下で寒さに震える和葉のもとへ歩み寄る。

突然目の前にやってきた狐の面の男に、驚いた和葉は言葉も出ない。

玻玖はそんな和葉をそっとやさしく抱き上げる。

そして、貴一たちのほうを振り返る。

「俺が花嫁としてもらい受けたいのは、この娘です」

ずっと真一文字だった玻玖の口元がゆるむ。

それは、この黒百合家にきて初めて見せた笑みだった。

# 第四章　デートのお誘い

「どうしたらいいのかしら……」

和葉は重たいため息をつきながら、右手に筆を握ったまま固まる。

というのも、文の返事に困っていた。

その文の相手とは――東雲玻玖。

玻玖の〝一応〟の婚約者となった和葉は、貴一から適当に文の返事をするようにと言われていた。

玻玖が縁談の挨拶にきたのが、半月ほど前のこと。

縁談の相手が乙葉だというのは、黒百合家側の勝手な勘違いだということがわかった。

呪術が使えない和葉はこの家では〝長女〟という扱いではなかったため、貴一たちと玻玖との間でこのような食い違いが生じたのだった。

玻玖が欲していたのは和葉のほうであった。

状況が理解できず困惑する和葉だったが、玻玖は和葉でなければ嫁には迎えないと固く断言した。

もちろん困惑したのは和葉だけではない。

乙葉は、神導位に見初められたのが無能な姉の和葉であることにひどく腹を立てた。

八重は、自分と容姿が似ていると言われる自慢の乙葉をこけにされ、乙葉同様に憤慨。

貴一は、そもそもの東雲家当主暗殺計画が破綻となり頭を抱えた。

三人とも、なぜ和葉が選ばれたのかわからなかった。

計画のためにも、なんとしてでも乙葉のほうを嫁にしたかった。そこで貴一は非常に耐えがたい屈辱感に苛まれながらも、特別に玻玖には恥を忍んで和葉には呪術の力がないということも正直に伝えた。

ところが、それでも和葉を嫁にほしいというのだ。

もしこの縁談を断れば、呪術の使えない和葉にこの先相手が現れるとも思えない。

そんな和葉をもらい受けたいという玻玖の申し出は、黒百合家にとっては申し分のないこと。しかし、そうなったら東雲家を内側から潰すという計画はただの夢物語に終わる。

邪魔な東雲家を潰すことも、神導位の座を奪い返すこともできない。

玻玖と和葉の縁談話はゆっくりとではあるが進みつつも、貴一は未だに決めかねていた。

そして、時間は現在に戻る。

数日前に届いた玻玖からの文に和葉は返事を書こうとして、こうして固まること……小一時間。

文など書いたことももらったこともない和葉は、なにも言葉が浮かんでこずに困っていた。

それから七日ほどがたったとき——。

大慌てで、使用人が和葉の部屋にやってきた。

「和葉お嬢様！　すぐにお出かけのご準備をなさってください！」

「お、〝お出かけ〟……？　わたしが……ですか？」

幼いころに両親から屋敷の外へ出るなと言われて以来、和葉はその言いつけを守ってきた。

表向きは、病でふせっているということになっているから。

それなのに、『お出かけ』とは一体どういうことか。

「和葉、早くしなさい。外でお待ちよ」

使用人のあとに現れたのは、どこか不服そうな顔の八重だった。

「そんなみっともない着物で、外に出るわけにはいかないでしょ。誕生日にあげた着物、あれを着ていきなさい」

その着物とは、乙葉が一度も着なかったという〝お下がり〟だ。

和葉は桐たんすから、大切にしまっておいた黒地に大ぶりの椿の花の絵があしらわれた派手な着物を取り出す。

「で……ですが、お母様。いきなり……どうして。それに、〝外でお待ち〟とは……どなたがですか？」

「そんなの、東雲家当主様に決まっているじゃない。和葉に会いに、突然こられたのよ」

驚いた和葉は、部屋の窓から玄関先を覗く。

そこにはたしかに、唐茶色《からちゃいろ》の着物を着た玻玖の後ろ姿があった。

東雲様が……わたしに会いに？

だれかが自分のために屋敷を訪問したことは初めてだった和葉は、逆にどのように振る舞えばいいのかわからなかった。

「くるなら連絡のひとつでもほしいものだわ」

と愚痴をこぼしながら、八重は和葉の部屋から出ていく。

そのあと和葉は、使用人たちに急かされるまま着替えの手伝いをされる。

「和葉お嬢様、とってもおきれいです！」

鏡の中でにっこりと微笑む使用人と目が合う。

そこに映る和葉は、いつもの淡い色の着物と違った派手な着物を着て、長い黒髪を上でひとつにまとめられていた。

顔は違うが、ぱっと見はまるで乙葉のような姿だ。

使用人たちは普段乙葉の世話をよくするせいか、仕立てる装いも自然と乙葉に寄っていた。

こんな高価な着物は初めて着る。

乙葉のお下がりとはいえ、お母様がわたしのために選んでくださった着物――。

和葉は大事そうに袖をキュッとつまむが、乙葉に似た外見の自分が違和感でしかなかった。

「和葉！　支度はできたの？」

部屋に八重がやってくる。

「……お母様！　いかがですか、この着物……！」

和葉は緊張した面持ちで八重に問いかける。

『素敵ね。似合っているわ』

そんな言葉を期待していた。

――しかし。

「なにしてるの。いいから早く行きなさい」

一切、着物のことには触れてもらえなかった。

……なんとなく、そんな気はしていた。

でも、今日は。

今日だけは、そう言ってもらえるのではないだろうか。

和葉はどうしても、いつもそんな淡い期待を抱いてしまうのだ。

「……はい。すぐに向かいます」

和葉は眉尻を下げて目元を潤ませながら、少しだけ口角を上げた。

和葉は使用人に連れられ、玻玖が待つという客間へ案内される。

客間の前でいったん正座すると、緊張で今までに経験したことがないくらいの鼓動の速さを感じた。

頭を下げ、和葉の準備が整うと、使用人たちが端から障子を開ける。

「し……失礼いたします……」

和葉がゆっくりと顔を上げると、持っていた湯呑みを置いた玻玖と目が合った。

実際には左目は狐の面で隠れていて右目からしか読み取れないが、和葉には玻玖の目が笑っているように見えた。

「和葉、久しぶりだな」

玻玖はそう言って立ち上がると、床につく和葉の手をそっとすくい上げる。

初めて男性に手を触れられ、和葉は顔を赤くする。

「きょ、今日はどうされたのでございますか……？」

「まあ、とくに用事はなかったが、文のことが気になってな」

「文……でございますか？」

首をかしげる和葉を玻玖は客間へ招き入れる。

「前に和葉に文を送ったのだが、その返事がなくて。嫌われたのではないかと心配になって、様子を見にきたんだ」

「あっ、あの文……！」

返事に困って出せていなかった玻玖からの文。

返すつもりではあったのだが、まだ一文字も書けていなかった。

「申し訳ございません……！　文などもらったことがなく、ど……どのように書けばいいのかと迷っておりまして」

「そうだったのか。それは、催促するようなことをして悪かった」

「とんでもございません！」

和葉は驚いた。

自分のような者からの文を楽しみに待ってくれている人がいたことに。

しかも、それを待ちきれずにこうして会いにきてくれるなんて。

「和葉。せっかくだから、デートに付き合ってほしいのだが。いいか？」

「〝でーと〟……で、ございますか？」

聞き慣れない単語にキョトンとする和葉を見て、玻玖はクスリと笑う。


その後、玻玖は和葉を街へと連れ出した。

和葉にとっては、幼少期ぶりの屋敷の外。

それだけでも新鮮だというのに、街を歩く多くの人や物珍しい品物の数々に驚きを隠すことができなかった。

「街には、たくさんの方がいらっしゃるのですね」

「そうだな。しかし、都ともなればこの比にならないくらいの人の数だぞ」

「そんなに……！　いつか、わたしも一度でいいから都へ行ってみたいものです」

和葉は切なげな笑みを浮かべた。

乙葉は、神導位の職務として御所へ向かう貴一に引っついて、何度も都へ行ったことがあった。

帰ってくるたびに、新しいものを買ってもらっていたり、土産話を使用人たちに自慢げに聞かせていたりした。

和葉はそんな話を陰から聞いて、頭の中で想像するくらいしかできなかった。

しかし、屋敷から出られない自分が都へ行くなど夢のまた夢。

ずっとそう思ってきた。

　――すると。

「都にならいけるさ。いや、いっしょにきてほしい。神導位の妻として」

「……妻？」

「ああ。黒百合サンが神導位の職務で都に行っていたように、俺も今後そうなることだろう」

　玻玖の口元が微笑む。

「そう考えると、神導位になるのも悪くもないな」

　玻玖はそのあとに小さくつぶやいた。

「それにしても、以前会ったときとは雰囲気がまったく違うな」

　狐の面が、上から下へと和葉の着物に視線を送る。

「……あ、これは――」

　八重が選んでくれたとはいえ、「妹のお下がりです」――とは、さすがに言えなかった。

　なにをしても乙葉のほうが上だということはわかっている。

　だが、それを口にしてしまったら自分があまりにも惨めに感じてしまうから。

　和葉は唇をキュッと噛む。

　その表情に気づいた玻玖は、和葉をある場所へと連れていった。

そこは、呉服屋。目を引くような色とりどりの着物が並べられている。

「お着物をお探しで？」

和葉が尋ねると、玻玖はにっこりと笑った。

「店主。彼女に合う着物を探しているのだが」

それを聞いて、和葉は戸惑った表情で玻玖のほうを振り返る。

「……お待ちください、東雲様。わたし、こんな高価な着物を買うお金は――」

「なにを言っている。そのような心配はしなくていい。和葉は、ただ好きなものを選ぶといい」

「で、ですが……」

「よろしく頼む、店主」

「かしこまりました」

遠慮する和葉のことは置いておいて、店主は次から次へと着物を和葉に着せる。

初めは困惑して、和葉はただ出された着物を順番に着ていく着せ替え人形でしかなかった。

しかしその中で、姿見に映る自分に思わず見とれた着物があった。

それは、小ぶりの花が無数にあしらわれた淡黄蘗色《うすきはだいろ》の着物だった。

「店主、これをもらおう」

ぼうっと見とれている間にそんな会話が聞こえてきたものだから、和葉ははっとして我に返った。

「い……いけません、東雲様！　こんな高価なもの、いただくわけには——」

「気にするな。今日、無理やり連れ出してしまったお詫びだ」

玻玖はそう言って、勝手に着物を購入する。

そして和葉は、その場でその着物に着替えることとなった。

使用人にひとつにまとめられた髪も下ろして、普段のような髪型に戻る。

「うん。和葉、よく似合っている」

「そ、そうでしょうか……？」

満足そうな表情の玻玖に、和葉は恥ずかしそうに手をもじもじさせる。

「それじゃあ、行くか。和葉」

「あ、あの……！」

呉服屋を出たところで、和葉が玻玖に声をかける。

「どうかしたか？」

振り返る玻玖を和葉は頬を赤らめながら上目遣いで見つめる。

「お……お着物、うれしいです。ありがとうございます……」

「ありがとうございます」

語尾になるにつれて小さくなる和葉の声。

とはいえ、これが今の和葉なりの精一杯の感謝の言葉だった。

まさか、いきなり装いを変えさせられることになるとは思わなかった。

しかし、さっきまでの乙葉のような姿とは違い、和葉は初めて自分らしい自分を見つけたような気がしたのだ。

そのあと、玻玖と和葉は街の中をぶらつく。

周りにいる人よりも長身で、狐の面をつけている玻玖は人混みの中でもよく目立つ。

それに比べて和葉は小柄で、このような場にも慣れていないせいで、すぐに人の波に呑まれそうになってしまう。

「し、東雲様……！」

気がつくと人混みの中に取り残され、玻玖に追いつこうと人と人との間から目いっぱい手を伸ばす。

だが、そんな手が前を歩く玻玖に届くはずもない。

――と思っていた、そのとき。

「すまない。危うく一人にさせるところだった」

まるで和葉をすくい上げるかのように、玻玖が和葉の手を握った。

そして、そっと抱き寄せる。

玻玖の厚い胸板。

見上げると、まっすぐに見つめてくる狐の面のまなざし。

和葉の手がすっぽり収まってしまうくらいの玻玖のゴツゴツした大きな手。

そのひとつひとつを意識してしまって、和葉は思わずドキッとした。

しかも、人混みから抜け出せたというのにその手は繋がれたまま。

「あ、あの、東雲様……。その……、お手を――」

「離さない。また和葉と離ればなれになったら困るからな」

そう言って、狐の面の下の口元が笑った。

和葉は恥ずかしさのあまり、頬を赤くしてうつむく。

そんな和葉を愛おしそうに面越しに横目で見つめながら、玻玖は黙って和葉の手を取って同じ歩幅で歩くのだった。

その後、玻玖と和葉は喫茶店へ。

なにをどのように注文していいのかわからない和葉の代わりに、玻玖は慣れた様子でオーダーした。

「……あっ、冷たい」

玻玖が和葉のために注文したのは、器に盛られた白くて丸いもの。

器に手を添えた和葉が小さく声を漏らす。

スプーンですくい、それを口へと運ぶ。

口の中へ入れた和葉は、目を見開いて何度も瞬きを繰り返す。

「甘くて、……おいしいです！」

「そうか。それはよかった」

「これは、なんという食べ物なのでしょうか？」

「アイスクリームだ」

「これが、アイスクリーム……！」

乙葉の話しているのを聞いたことがあったため、『アイスクリーム』という名前の食べ物のことは知っていた。しかし、もちろん食べたのはこれが初めてだった。

「本来であれば、暑い夏の日に食べたほうが体が涼むが、こうして温かい部屋の中で食べるアイスクリームもまたうまいだろう？」

「……はい！」

和葉はスプーンですくっては目を輝かせ、不思議そうにアイスクリームを見つめる。

その姿が新鮮で初々しく思えて、玻玖はクスッと小さく笑う。

それに気づいた和葉がアイスクリームを食べる手を止めた。

「わ……わたし、なにかおかしなことでも――」

「いや、違う。ここまで喜んでもらえるとは思わなかったから。和葉のひとつひとつの仕草がかわいくてな」

――〝かわいい〟。

その言葉の反応に困り、和葉は頬を真っ赤にする。

『かわいい』という言葉は、これまで乙葉にしか使われてこなかった。

だから、自分にとっては初めてのことで、素直に喜ぶというよりも恥ずかしさのほうが勝っていた。

「それよりも、体のほうは大丈夫か？　つらかったら言ってほしい」

「……え？　体……ですか？」

「病にふしていたんだろう？」

それを聞いて、和葉ははっとした。

初めての外出で浮かれすぎて、表向きはそういう話になっていることをすっかり忘れていた。

「あ……、あのっ……えっと……」

和葉はあからさまに目を泳がせる。

そんな和葉に、玻玖はやさしい口調で声をかける。

「ごまかさなくたっていい。嘘だということは初めからわかっている」

和葉は後ろめたさから、とっさにうつむく。

「黒百合サンから聞いている。和葉には呪術の力がないと。それを周りに知られないために、そういうことにされていたのだろう？」

その問いに、和葉は答えに迷いながらもゆっくりとうなずいた。

「東雲様、ずっと疑問に思っていたのですが……」

「なんだ？」

「東雲様は、呪術家系を継ぐ資格もないわたしをどうして嫁としてもらい受けてくださるのでしょうか……？」

思いきって、和葉は玻玖に尋ねてみた。

「呪術師として優秀な妹の乙葉のほうが、東雲様の妻としてお役に立てるはずなのに……」

もし、玻玖が乙葉を選び直しさえすれば貴一の計画が現実のものとなる。

ここで自分が玻玖の考えを改めさせたとなれば、少しでも黒百合家の役に立ったといって両親から褒めてもらえるかもしれない。

何度も頭をなでてくれる貴一と八重の顔が和葉のまぶたに浮かぶ。

しかし、今目の前にいるやさしげな表情の玻玖を見たら、なぜだか胸がギュッと苦しく締めつけられた。

呪術家系の最高峰といわれる黒百合家に長女として生まれながら、その力を受け継がずに生まれ、家族からも煙たがれる存在の自分。

これまでの人生、その存在を求められたことなどなかった。

それなのに、玻玖はなぜ——無能な自分を花嫁に選び、こんなにもあたたかいまなざしを向けてくれるのだろうか。

だから、答えは期待していなかった。

新しい神導位の玻玖に関する新聞の記事でも、変わり者のようなことが書かれていたから。

『そうだな。お前なんかよりも、やはり乙葉にしよう』

『呪術を持たないおかしな娘がいると聞いたから、ただの興味本位だ』

そんな言葉が返ってくると思っていた。

——だからこそ。

「呪術師の妻として役に立つなどとは関係ない。他のだれでもない和葉と、俺は夫婦になりたいと思った。ただそれだけだ」

予想だにしなかった玻玖の言葉に、和葉は思わず胸を打たれたのだった。

呪術も使えない自分が嫁に選ばれてしまったら、貴一の暗殺計画は破綻する。

それは、貴一のためにはならないというのに——。

『他のだれでもない和葉と、俺は夫婦になりたいと思った。ただそれだけだ』

和葉は、純粋に玻玖の言葉がうれしかった。

こんなんの取り柄もないような自分を受け入れてくれる人がいるのかと思うと。

すると、玻玖が驚いたように口を開けて和葉を見つめている。

「……どうした、和葉」

「え……？」

「なぜ泣いている」

玻玖にそう言われて、和葉は初めて気づいた。

頬に一筋の涙が伝っていることに。

「も、申し訳ございません……！　目にゴミが……」

和葉は慌てて涙を拭う。

自分自身でも驚いたが、この涙の理由は決して悲しいからではない。悲し涙の際はいつも、『泣いてはいけないよ』と声がするからだ。

ましてや目にゴミが入ったわけでもない。

これは、和葉が初めて流した――うれし涙だった。

その後、和葉は無事に屋敷へと送り届けられた。

「……和葉！　その着物はどうしたの!?」

普段めったに声をかけてこない八重が、和葉が帰ってくるとすぐにその装いの変化に驚いている。

「お母様……！　あの……お断りしたのですが、東雲様がわたしにと――」

「和葉のために、こんな高い着物を？　あの狐男《きつねおとこ》……、一体なにをたくらんでいるのかしら」

八重は軽く舌打ちすると去っていった。

その八重の声を聞きつけて、階段の上から顔を出したのは乙葉だった。

「そんな立派な着物をいただいたって、着ていくところなんてないのにね。やっぱり変なお方だわ、東雲様って！」

乙葉はそれだけ言うと、フンッとつんけんした顔を背けて自分の部屋へと戻っていった。

そのあと、和葉は貴一に部屋へくるようにと呼ばれる。

「八重から、東雲殿から着物をいただいたと聞いたぞ」

「は……はい。そのあと、喫茶店にも連れていっていただき、アイスクリームもご馳走になりました」

「そうか」

貴一はそれだけ言うと、顎に手を当てて考え込んでしまった。

「もうよい、和葉」

「はい……」

貴一の部屋から出ると、和葉は噂話の好きな使用人に捕まる。

「和葉お嬢様、聞きましたよ！　東雲様が、その素敵なお着物を買ってくださったとか！」

「あ……、はい。……そうなんです」

そして、和葉はその使用人から初めて聞かされることになる。

玻玖が言っていた『デート』というものが、愛し合っている男女が二人だけで会う『逢引《あいびき》』と同じ意味であるということを。

「わ、わたしがしていたのは、逢引だったのですか……!?」

「和葉お嬢様ったら、そんなことも知らずに東雲様とデートされていたのですか～？」

使用人に茶化され、和葉は顔を真っ赤にする。

「あ……あの、わたしは――」

「奥様に見つかったら叱られますので、私はそろそろ仕事に戻りますね」

『デート』というものについていろいろと聞きたかった和葉だが、使用人は慌てて行ってしまった。

その夜、和葉は今日一日のことを振り返っていた。

幼いころ以来の外出はただでさえ刺激的なものだったというのに、男性といっしょにという状況はそもそも経験がない。

しかも風変わりな玻玖と二人きりで、初めは戸惑った。

貴一たちは、陰で玻玖を悪いようにしか言っていなかったから。

どんな極悪人なのかと勝手に想像していた。

それがいっしょに出かけたことで、玻玖のやさしさに触れてしまったのだ。

和葉という存在を尊重し、必要としてくれた。

もし玻玖がその言葉どおり、妻として求めてくれるのなら――。

再び神導位の座をと願う黒百合家のためにはならないが、無能な自分が家を出ることもまた、黒百合家のためになるのではないだろうか。

――東雲玻玖と結婚する。

そんな未来があってもいいのかもしれない。

和葉はそう思い始めていた。

すると、その日を境に足踏みしていた貴一の態度が一変する。

たびたび和葉に会いにやってくる玻玖を快くもてなし、結婚に向けての話を着実に進めていった。

和葉自身もまだ夢の中にいるようだった。

自分がだれかの花嫁になる日がくるなんて。

そして、凍えるような寒さが過ぎ去り、桜が咲き始めるころ――。

ついに、玻玖と和葉の結婚式を明日に迎えることとなった。

黒百合家の使用人たちは、数日前から八重に押しつけられた和葉の嫁入り支度で大忙し。

「あの……、わたしもなにかお手伝いを――」

「和葉お嬢様は、大事な花嫁様です！　私どもにお任せください！」

自分の嫁入りだというのに、使用人たちに準備をさせていることに、和葉はどうも気が引けてしまう。

なにかできることはないかと使用人たちを追って右往左往する和葉を八重が呼び止める。

「和葉！」

「……はい！　お母様」

和葉は八重のもとへ向かう。

「そんなに嫁入り支度を手伝いたいのなら、奥の蔵から嫁入りの着物を自分で選んできたらどうなの？」

「わたしが……勝手に選んでもよろしいのですか？」

「かまわないわ。まともな着物も持っていない嫁だと、東雲様に笑われるでしょ」

「は、はい！　すぐに取りにいってきます……！」

黒百合家には、膨大な着物が眠っている。

その保管場所というのが、屋敷から離れたところにある蔵だった。

三百年前の火事で屋敷や近くにあった蔵は焼けてしまったが、幸い着物蔵《きものぐら》だけは無事であった。そのため、古い着物も未だにきれいな状態で保管されている。

しかし、流行り物に目がない八重や乙葉がそこへ行くことはなかった。

二人が着なくなった着物をしまいに、たまに使用人が出入りするくらい。

八重にとっては、着物蔵にある着物などにはまったく興味はなく、ただの布切れに等しい。

本来なら、嫁入り道具として新しい着物を仕立てるはず。嫁に行くのが乙葉ならそうしたことだろう。

しかし和葉は、そこにある何百着という着物の中からどれでも好きなものを選んでいいと言われ、ただそれだけでうれしかったのだ。

若干建てつけの悪い扉を引き、和葉は着物蔵へ入る。

大幅に処分したこともあるとはいえ、恐ろしい数の着物があった。

好きなものをと言われたものの、すぐに決断ができない和葉はただただ着物を見て回るだけだった。

時間だけが過ぎていく。

すると、和葉はなにかに引き寄せられるように、ある桐たんすの前へ。

引き出しを引くと、中から出てきたのは白いたとう紙に包まれた桜色をした着物だった。

その着物の色に、和葉は一瞬にして目を奪われた。

着物蔵には他にもまだ何百着もあるというのに、和葉はその一着だけを持って部屋へと戻った。


その夜。

和葉は着物蔵で見つけた着物をたとう紙から出してみることに。

淡い色が和葉好みで、桜が咲き始めるこの時期にはちょうどよい色の着物だった。

「東雲様は、お好きかしら……このお着物」

羽織ってみて、和葉は姿見の前で思わずはにかむ。

たとう紙はずいぶんと古いものではあるが、着物には染みひとつなかった。

すると、羽織った着物からなにかがヒラヒラと舞って床に落ちる。

拾い上げると、それは破れた紙きれだった。裏返すと、そこには長髪で整った顔の男性の姿が写っている。

紙きれだと思ったそれは、写真だった。

この着物の元の持ち主のものだろうか。

その人物の隣にだれかが写っているようだが、写真は真ん中で縦に割かれていた。

着物から落ちてきたのは、写真の右半分だけだった。

そのとき、和葉の部屋のドアがノックされる。

「はい」

和葉は羽織っていた着物をいったん椅子にかけて、返事をしてドアを開ける。

すると、そこに立っていたのは貴一だった。

「お父様、こんな遅くにどうされたのですか」

「和葉に話がある。今からわしの部屋へくるように」

それだけ言うと、貴一は背中を向けていってしまった。

和葉は急いで桜色の着物をたとう紙の中へと片付ける。半分に破れた写真もいっしょに。

「失礼します」

和葉が貴一の部屋へ入ると、八重と乙葉もいた。

こんな夜遅くに全員集まって何事だろうか。

殺伐としたこの部屋の空気を感じる分には、明日の嫁入りに向けた祝いの言葉をかけてもらえるとも思えない。

「和葉、そこに座りなさい」

「はい……」

貴一が指差すのは、貴一の向かいに座る八重と乙葉の前。

和葉は様子をうかがうようにして、言われたとおり貴一と八重たちに前後から挟まれるようなかたちで貴一の前へと正座する。

八重は、後ろから無言で和葉をじっと見つめる。

乙葉は、つまらなさそうによそ見をしながら指で髪をくるくると遊ばせている。

「和葉」

「は……、はい！」

「お前がこの家に生まれて十七年。長いようで、一瞬にして過ぎ去ったように感じる」

貴一は昔を懐かしむように遠くのほうを見つめる。

お父様が、わたしの成長を振り返ってくださっている……？

明日、お嫁に行くから？

和葉は驚きつつ、貴一の顔色をうかがう。

「そんなお前も、明日には東雲家の人間だ」

「……はい。ここまで育ててくださったお父様とお母様には、感謝しかございません」

「なにを言う。嫁に行っても、いつまでもお前は大切なわしらの娘だ」

「……お父様」

和葉は思わず声に詰まる。

感極まって、胸の奥から両親に対する親愛の情が湧き上がった。

「そこでだ、和葉。お前にひとつ、頼み事がある」

「わたしに……ですか？　なんでしょうか」

和葉はキョトンとして首をかしげる。

結婚前夜に告げられる父親からの頼み事。

嫁に行っても忘れないでほしい、だろうか。

はたまた、たびたび顔を見せにきてほしい、だろうか。

そんな言葉を期待していた和葉に、貴一は言い放つ。

「東雲玻玖をあの世へ葬れ」

一瞬、和葉は頭の中が真っ白になった。

思わず、「え……」という小さな声が漏れる。

「……お父様、それはどういう——」

「そのままの意味だ。計画は、乙葉のときと同じ。偽の花嫁として東雲に近づき、油断しているところを殺すのだ」

乙葉が花嫁に選ばれなかったため、この暗殺計画は破綻したかと思われていた。

しかし貴一は、和葉が選ばれたからといって諦めてはいなかった。

「ですが、お父様……！　わたしには呪術は使えません。東雲様を殺めることなど、そもそも──」

「そこで、考えたのだ。呪術が使えないのなら、呪術をかければいいとな」

「呪術を……かける……？」

和葉の震える声。

和葉は自分でも顔から徐々に血の気が引いていくのがわかった。

「今からお前の唇に、毒効果のある負の呪術をかける。口づけを交わせば、相手を死に至らしめるという高難度の呪術だ」

貴一が和葉にかけようとしているのは、その術がかけられている対象のものに触れると体中に毒がまわり、突然意識を失って、そのまま命を落としてしまうという即効性のある毒の呪術だった。

「し……、しかし──」

「心配するな。死の効果があるのは、わしが念じる対象者だけだ。つまり、お前自身と他の者には一切害はない」

恐ろしい計画内容だというのに、貴一は意気揚々と語る。

「……フフッ。これで、東雲家も終わりね」

「お姉ちゃんってのろまなんだから、絶対に失敗しちゃダメよ～？」

八重と乙葉も楽しそうに口角を上げて笑う。

「お父様……。なにもわたしは、呪術がかかった自分の身を心配しているわけでは――」

「わかっている。うまくできるのかが不安なのだろう？　それに関しても安心せい。幸い、東雲はお前をたいそう気に入っているようだからな。遅かれ早かれ、いつかはお前の口づけを求めてくるだろう」

和葉は思わず、ゆっくりと迫ってくる玻玖の顔を想像してしまう。

「まあ、そのときを待たなくとも『呪結式《じゅけつしき》』で盃《さかずき》を交わすとき、――あやつは死ぬ」

貴一は不気味にニタリと微笑む。

それを見て、和葉は身震いした。

呪結式とは、呪術家系同士で執りおこなわれる結婚式の呼び名である。

その中で、一般的な神前式と同じように、『三々九度《さんさんくど》の盃《はい》』という儀式をおこなう。

盃に注がれた酒を新郎がひと口飲み、その盃の酒を次は新婦が飲み、最後に新郎が飲み干すというものだ。

呪術家系において、それは双方の呪術が交わるという意味合いが含まれている。

貴一が和葉の唇にかける呪術を使えば、まず和葉が口をつけた盃とその酒に毒が移る。

そして、和葉が触れた飲み口に触れるか、盃の酒を飲めば、それだけで玻玖の体は毒に冒されるのだ。

「東雲も、まさか花嫁に負の呪術がかけられているとは思うまい。あとで八重の力であやつの体から毒素を抜いておけば、ただの病死にしか見えないだろう」

貴一と八重は顔を見合わせてうなずく。

「あの狐男も幸せでしょうね。呪術師として人生の晴れ舞台である呪結式で、自分が選んだ花嫁に命を奪われるのだから」

「こんなお姉ちゃんでも役に立つことがあるのね」

おもしろおかしくケラケラと笑う貴一、八重、乙葉とは違い、和葉は恐怖でカタカタと震えていた。

こんな話を聞いておいて、笑えるわけがない。

「まっ……待ってください。わたし……、そんな……ひっ……人を殺すだなんて……」

「べつに、和葉が直接手を下すわけではない。やつは、わしのかけた術によって死ぬのだ」

和葉にとっては、まったく説明になっていなかった。

貴一がかけた術とはいえ、和葉の取る行動によって玻玖は殺されるようなものなのだから。

それに、以前乙葉が同じようなことを言ったときは、貴一は最後は自分が片付けると話していた。乙葉は負の呪術で玻玖の体を縛っておくだけでいいと。

それなのに、和葉には『殺せ』というのだ。

和葉の頭の中には、玻玖の顔が浮かぶ。

狐の面で素顔はわからないが、柔らかく微笑むあの顔が。

ずっと屋敷の中で過ごしてきた和葉が、玻玖と出会い、〝楽しい〟と思ったのは本当に久々だった。

いっしょにいて、和葉は知った。玻玖は、やさしくて誠実な人間だと。

そんな人を、――殺せるわけがなかった。

しかし、黒百合家当主である貴一の命令は絶対。逆らうことなどできない。

和葉は口をつぐみ、なかなか首を縦に振ることができない。

貴一はそれを横目で見つめる。

「和葉。呪術の力を持っていないからといっても、お前はこの黒百合家の長女だぞ。少しくらい黒百合家のために尽くせ」

「……ですが！」

「ならば、この計画が成功した暁には、和葉には褒美をやろう」

先程までの圧のこもった口調から一変、貴一は柔らかい声で微笑んでみせる。

それに続くように、八重も後ろから和葉の顔を覗き込む。

「そうね！　たくさん褒めてあげなきゃね」

――〝褒める〟？

その言葉に、和葉の体が勝手に反応する。

言われたとおりにすれば、……褒めてくれるの？　たくさん、たくさん……。

乙葉よりも……ずっと？

和葉は頭をなでられ褒められる乙葉を陰からうらやましそうに眺める自分の姿が脳裏に浮かぶ。

……わたしだって、褒められたい。

期待されて、やり遂げたい。

――この瞬間、和葉の瞳から光が消えた。

褒美はいらない。

わたしはただ、お父様とお母様から褒められたい。

愛されているという〝証〟がほしい。

それが歪んだ愛情だとさえわからない和葉は、愛情を欲するままにゆっくりと首を縦に振った。

こうして、和葉の唇に恐ろしい呪いがかけられたのだった。

「本当に、和葉は扱いやすくて便利だわ」

「ああ。頑なに拒むようなら、また〝アレ〟で縛るまでだったが、その必要もなかった」

「そうね。あの子が自分で決めたのだから」

「こんなに思いどおりになる人間など他にいない。呪術が使えない代わりに、和葉には他で黒百合家のために役に立ってもらわねば困るからな」

貴一と八重がそんな話をしていることなど、明日の呪結式に控え、眠りにつく和葉には知るよしもなかった。

# 第五章　結婚初夜

翌日。和葉と玻玖の呪結式当日。

空はどんよりとしたくもり空だった。

呪結式が執りおこなわれるのは、『紫峰院神宮《しほういんじんぐう》』という神社。

ここは、呪術にまつわる神が祀《まつ》られているとされ、呪術家系の者であるならば、どれほど遠方であろうとだれしも一度は参拝にきたことのある有名な神社だ。

また呪術師にとって呪結式の場を選ぶのであれば、ここ以外に考えられない。

それほどまでに、紫峰院神宮は呪術師たちにとっては神聖な場であった。

呪結式は、最低限の親族のみで執りおこなわれる。

つまり、黒百合家の親族としてやってきたのは貴一、八重、乙葉の三人。

一方、東雲家の親族はというと――。

……一人もいなかった。

玻玖には家族はおらず、他の跡取り候補がいないという話は本当のようだ。

この場は、黒百合家にとっては絶好の機会。東雲家側の人間がいないということは、ここで起こることはだれにも気づかれない。

すべては黒百合家の四人で片付けることができる。

そうとは知らない玻玖は、黒の羽織袴姿で本殿に現れた。

その隣には、白無垢に綿帽子がとても似合う和葉の姿が。

玻玖は相変わらず、狐の面をつけている。

和葉はというと、まるで死人のように虚ろな目をしていた。

そして二人に続き、黒百合家親族である貴一、八重、乙葉が本殿へと入ってくる。

三人の視線は、美しい花嫁である和葉ではなく、玻玖の後ろ姿に向けられていた。

呪結式は順調に執りおこなわれ、いよいよ盃を交わす三々九度の盃へ。

黒百合家にとっては、それまでの呪結式の儀式は茶番のようなもの。この三々九度の盃をなによりも心待ちにしていた。

玻玖と和葉の前には、酒の注がれた大中小と大きさの違う三つの盃が並べられている。

まず玻玖は、その一番小さな盃を手に取る。ゆっくりと口をつけ、それを和葉へ手渡す。

和葉は無表情で盃を受け取ると、紅の塗られた唇を触れさせる。

かすかに波打つ盃の酒。

それを貴一は見逃さなかった。こらえながらも、ニヤリと口角はわずかに上がってしまう。

和葉の唇が触れたあの盃と酒は、貴一による負の呪術の毒に冒された。

あとは順序どおりに、その酒を再び受け取った玻玖が飲めば——終わり。

こんなにも思いどおりに計画が進むものかと、貴一は笑いをこらえるのに必死だった。

盃は、和葉の手から玻玖のもとへ。

まさかその酒に毒が盛られているとも知らず、玻玖が盃に口をつける。すべての視線が玻玖の口元へと集まった。

ごくり、と玻玖の喉仏《のどぼとけ》が上下する。

——東雲玻玖、死す。

これで、東雲家は滅亡。

現神導位を失い、再び神導位の座は黒百合家へ。

そんな未来を思い描いていた貴一だったが——。

玻玖は、和葉から受け取ったひとつ目の盃の酒をすべて飲み干すと、なに食わぬ顔で空になった盃をもとの位置へと戻した。

その姿に、貴一は唖然とする。

八重と乙葉も口をぽかんと開けて、目を丸くしていた。

……おかしい。なぜ死なない……!?

毒の唇で触れた酒を飲んだというのに……！

貴一は思わずそう叫びそうになったのをなんとか抑える。

それまで死人のような顔だった和葉も、あまりの驚きで二つ目の盃を落としてしまうほど。

「和葉、そんなに驚いてどうかしたか？」

「……あっ。い、いえ……。でも、その……」

和葉の口からはとっさに「お体はなんともございませんか」という言葉が出てきそうになった。

予想もしていなかった展開への驚き。

それと同時に、一度目はなにかの手違いで次こそは本当に――。

と、改めて覚悟をする和葉の手は震える。

しかし、目の前にいるのは平然として残りの盃も同じように和葉から受け取ったのちに飲み干す玻玖の姿だった。

毒に冒されたような症状は一切見られない。

この異変に、八重も貴一に視線を送る。「一体どういうこと!?」とでも言いたそうな鬼の形相だ。

だが、そう問いたいのは貴一のほうだった。

こうして、そのあともなにかが起こるわけでもなく、東雲家と黒百合家の呪結式は無事に執りおこなわれたのだった。

これで、玻玖と和葉は正式に夫婦となった。

呪結式が終わったあと、東雲家へ移る身支度があるとして、黒百合家は花嫁の控え室に集まった。

「これは一体、どういうことだ!!」

玻玖がこの場にいないことをいいことに、貴一が怒鳴り声を上げる。

「なぜだ!? なぜあやつは、あんなに涼しい顔をしておる！」

「貴一さん、ちゃんと負の呪術はおかけになったのよね……？」

「わしが失敗するわけなかろう！ 昨夜、お前たちの目の前で和葉にかけたではないか！」

「そう……ですよね。じゃあ、どうして」

下唇を噛みしめながら、八重は腕を組んで考え込む。

貴一の怒りは収まらず、その矛先は呪結式を終えたばかりの白無垢姿の和葉へと向けられた。

「和葉！ 言われたとおりにしたのだろうな!?」

「は、はい……。わたしはちゃんと――」

和葉が盃に口をつけるところを間近で見ていたというのに、そのことは棚に上げて、貴一は和葉を一方的に責める。

「それならば、どうしてあの男はピンピンしているというのだ!?」

そんなことを言われても和葉にわかるはずもないが、貴一は額の血管が浮き出るほどに苛立っている。

正気を取り戻した和葉は、内心ほっとしていた。

貴一の命令とはいえ、やはり罪のない人間を殺めたくはなかったから。

「一杯だけならともかく、三杯も盃を交わして死なんとは……。まさかあやつ、はなから毒耐性を持っているというのか？」

「お父様、そんな人間なんているの？」

「ああ。いないこともない。厳しい修行が必要だがな」

とは言いつつも、あんなあっけらかんとした男がそのような修行に耐えたとも到底思えない。

しかし、貴一が込めた負の呪術で死ななかったことはたしかだ。

「盃という間接的な方法であったがために、毒の効果が薄まったのだろうか。……それも考えにくいが」

貴一は顎に手を当てて、一人でぶつくさとぼやいている。

「……まあいい。間接的なやり方が効かんのであれば、直接毒を送り込んでやればいいだけのこと」

すると、不気味なくらいに笑みを浮かべる貴一が和葉に目を向ける。

それは思わず身震いしてしまうくらいの恐ろしさだった。

「和葉。結婚初夜である今夜、あやつにその口づけをくれてやれ」

「……えっ」

「お前だって、もう立派な女だ。やり方くらいは言わんでもわかるだろう」

「……ま、待ってください！　お父様は、まだ東雲様のお命を狙うおつもりですか……!?」

訴えかける和葉だったが、貴一は冷たい視線でそんな和葉を見下ろす。

「当たり前だ。それに、これが黒百合家の人間としてのお前の使命だ」

「そんな……。わたしは……もう――」

「わかったな、和葉」

――またこの言葉。

この言葉の前では、和葉はそれに従うしかなくなる。

「は……はい。かしこまりました……」

そんなこと、……言いたくもないのに。

勝手に口走ってしまう。

そのあと、和葉は物憂げな表情で自宅から持ってきた着物へと着替える。

着物蔵で見つけた桜色の着物だ。これを着ると、少しだけ気持ちが和らいだ。

……ほんの少しだけ。

「お待たせいたしました、東雲様」

紫峰院神宮の境内で、和葉は大きな桜の木を眺めていた玻玖に歩み寄る。

「いや。待ってなどいな――」

そう言って振り返った玻玖だが、和葉をひと目見て一瞬言葉に詰まる。

「瞳子《とうこ》……？」

小さく口を開け、ぽかんとして和葉に目を向けている。

和葉がキョトンとして様子をうかがうものだから、玻玖はすぐに我に返った。

「……それにしてもその着物、一体どうしたんだ？」

「実家の蔵にありまして。ずいぶんと古いもののようでお恥ずかしいのですが、一目惚れしてしまって……」

和葉はそっと襟元に手を添える。

しかし、はっとして玻玖の顔色をうかがった。

「も……もちろん、東雲様からいただいたお着物も持ってまいりまして――」

本当は、呪結式のあとは玻玖からもらった、小ぶりの花が無数にあしらわれた淡黄蘗色の着物を着ようと考えていた。

――しかし。

『お父様は、まだ東雲様のお命を狙うおつもりですか……!?』

『当たり前だ。それに、これが黒百合家の人間としてのお前の使命だ』

玻玖を殺せと命令され、そんな気持ちのまま、玻玖が自分のためにと買ってくれた着物を着られるわけがなかった。

「気を遣うことなどない。俺たちはもう〝夫婦〟だろう?」

――〝夫婦〟。

その言葉に、和葉ははにかみながら頬をぽっと赤く染める。

「それに、和葉によく似合っている」

「東雲様……」

やさしい玻玖の微笑みに、思わず和葉も笑みがこぼれる。

だからこそ、和葉は心が締めつけられるような思いだった。こんなにもおやさしい方を、今宵殺さねばならないのかと思うと。

その後、和葉は玻玖が表に用意していた車に乗り込む。

驚いたことに、運転手は顔全体を隠すような白い狐の面をつけていた。

「驚かせてすまない。東雲家に仕える者は、みなこうだ。そのうち慣れることだろう」

「は……はい」

車はしばし山道を走り、霧深い道を進んでいく。

すると突然、目の前に立派な屋敷の正門が現れた。

一部にモダンな洋館の造りが取り入れられた黒百合家の屋敷とは違い、東雲家の屋敷は伝統的な日本家屋。

「古くさい家だが、住み心地はそこそこいい」

「とんでもございません……！　とても素敵なお屋敷です」

和葉は呆気に取られながら、ゆっくりと車から降りる。

「玻玖様、おかえりなさいませ」

屋敷の外では、たくさんの着物姿の使用人たちが列をつくって出迎えた。その使用人たちも全員、先程の運転手と同じ白い狐の面をつけている。

和葉は狐につままれて、まるであやかしの世界に迷いこんだかのような錯覚に陥る。

「玻玖様、和葉様。ご結婚おめでとうございます！」

玻玖と和葉に対して、二十人ほどの使用人たちが一斉に頭を下げる。

それはまるでからくり人形かのように、みなが同じタイミングで同じ動作をする。

「和葉も知っているとおり、俺に家族はいない。だから、この使用人たちが俺の家族みたいなものだ」

左目半分を隠している玻玖の面とは違い、顔全体を覆う使用人たちの面。

表情は一切読み取れないが、玻玖や和葉に対する立ち居振る舞いには、不思議とどこか温かみがある。

そんなふうに和葉は感じた。

「和葉様。お荷物はお持ちいたしますので、どうぞお屋敷のほうへ」

「行こうか、和葉」

「は……はい！」

和葉を大きな門かぶりの松が出迎える。

「うわぁ……！　なんて立派な……」

大きな屋敷に、手入れの行き届いた庭園。

思わず、和葉の口から感嘆の声が漏れる。

「気に入ってくれたか？」

「はい！　とっても」

「ここは、お前の家でもある。自由に過ごすといい」

そんなこと、和葉は今までに言われたことがなかった。

人目につかないようにと、自分の部屋と居間くらいしか自由に行き来できる場所などなかった。

和葉が初めて手にした〝自由〟だった。

――しかし。

『和葉。結婚初夜である今夜、あやつにその口づけをくれてやれ』

貴一の言葉が頭の中に響く。

……そうだった。

わたしに自由などなかったのだ。

「こんなに素敵なお屋敷、わたしにはもったいないくらいです……」

そう言って、和葉は切なげに笑ってみせるのだった。

その夜。

和葉は豪華な料理でもてなされた。

二人きりの食事ではあるが、玻玖と談笑しながら、また和葉を気にかけてくれる使用人たちに囲まれ、今までに感じたことのない楽しい時間を過ごす。

「玻玖様！　また、にんじんだけを残されて！」

「……仕方ないだろう。苦手なものは苦手なのだから」

玻玖の煮物の器の中には、にんじんが三つ転がっていた。

それを使用人に指摘され、玻玖は口を尖らせる。

「子どもではないのですから、お食べになってください！　玻玖様は、和葉様の立派な旦那様であらせられるのですよ」

「そう言われてもなぁ……」

最高の呪術師として認められた神導位でありながら、玻玖はにんじんが苦手という欠点を持っていた。

「ふふっ」

それがおもしろくて、和葉から笑い声が漏れた。

しかし、すぐに和葉は表情を凍りつかせ、額からは冷や汗が滴り落ちる。

「……はっ！　も、申し訳ございません!!　わたしとしたことが、つい……」

和葉は当主を笑ってしまったことに、慌てて頭を下げて謝る。

そんな和葉に、立ち上がった玻玖がゆっくりと歩み寄る。その足音に和葉はガクガクと震える。

玻玖は和葉の肩にそっと手を添えると、頭を上げさせた。

「なにも謝ることはない。和葉の笑顔が見れて、俺もうれしい」

そう言って、玻玖は微笑んだ。

和葉はおそるおそる玻玖の顔を覗き込む。

「東雲様を笑ってしまったというのに、許してもらえるのですか……？」

「許すもなにも、夫婦だろ？　和葉と過ごすなら、たくさん笑い合える毎日がいいに決まっている」

玻玖の言葉に、和葉の冷え切った心に小さな灯がともる。

玻玖は和葉を支配しようとも、便利な駒にしようとも思っていない。上下関係などなく、妻として寄り添って歩いてほしいと考えていた。

「……東雲様。ありがとうございます」

「ん？　なにかお礼を言われるようなことでもしたか？」

首をかしげる玻玖に、和葉はにっこりと微笑んだ。

「そういえば、和葉。気になっていたのだが……」

「はい……？」

「せっかく夫婦になったのだから、『東雲様』はやめてくれないか？」

「……それでは、なんとお呼びしたらよろしいのでしょうか」

和葉が尋ねると、玻玖は一瞬言葉に詰まった。

そして、少し恥ずかしそうに小さく声を発する。

「……そうだな。『玻玖』……と呼んでくれ」

玻玖に見つめられ、和葉は赤くなった頬を悟られないようにうつむく。

──『玻玖様』。

和葉は心の中でつぶやく。

その響きはどこか心地よくて。玻玖との距離が一気に縮まるような気がした。
しかし――。
『この計画が成功した暁には、和葉には褒美をやろう』
『そうね！　たくさん褒めてあげなきゃね』
頭の中に蘇る、貴一と八重の言葉。
玻玖と過ごす夕食の時間が楽しく、しばらくの間忘れてしまっていたが……。
その楽しい時間は、両親からの愛に勝るほどのものではなかった。
和葉には、やらねばならない使命がある。
「そ、それでは……『旦那様』とお呼びさせてください」
「『旦那様』……？　まあ、和葉がそのほうが呼びやすいのなら」
名前で呼ぶと、情が移ってしまう。ためらいが生じてしまう。
だから、――『玻玖様』とは呼ばない。
和葉の瞳に、再び黒い炎が宿った。

その日の夜遅く。
縁側からは、空に浮かぶ美しい満月を望むことができた。
風呂に浸かり、白い寝間着に着替えた和葉は、寝室と言われた場所に行く。

今日は、結婚初夜。

この障子の向こう側には、きっとすでに玻玖が待っている。

和葉は、覚悟を決めたようにごくりとつばを呑み込むと、そっと障子に手を添えた。

「失礼いたします」

和葉は緊張した面持ちでゆっくりと障子を開ける。

しかし、目に飛び込んできた光景に思わず拍子抜けした。

なぜならそこに、玻玖の姿がなかったからだ。

あるのは、畳の上に敷かれた真っ白な一組の布団だけ。

「だ、旦那様……？」

和葉は部屋の中をうかがうが、やはり玻玖はいない。

「呼んだか？」

すると、突然後ろから声が聞こえる。

驚いて振り返ると、そこには瑠璃色《るりいろ》の寝間着姿の玻玖がいた。

「和葉。そんなところに座っていないで、早く部屋へ入れ。この時期、まだまだ夜は冷えるからな」

玻玖は和葉を部屋の中へ入るようにと促すと、自分も障子を閉めて入ってきた。

……いよいよだ。

和葉はごくりとつばを呑み込む。

玻玖は遠慮がちに正座する和葉のもとへ歩み寄ると、目の前で腰を下ろした。

覚悟を決め、和葉はギュッと目をつむる。

——すると。

「飲むといい」

そんな声が聞こえてゆっくりと目を開けると、和葉の前には白い湯気が立つ湯呑みに入ったお茶があった。

「こ……、これは？」

「今淹れてきたところだ。体が温まるだろう」

和葉は、なぜお茶を出されたのかわからない。

湯呑みの中には、警戒して少しこわばる自分の顔が映っていた。

「夕食のとき、顔色が悪かったのが気になってな」

玻玖の言うとおり、夕食の途中で玻玖の暗殺計画を思い出し、和葉は気分が優れなかった。

これから人を殺そうというのだから、無理もない。

しかし、そうとは知らない玻玖は、純粋に和葉の体調を心配していた。

「まあ、知らない屋敷にきたんだ。気疲れもするだろう。それを飲んで、今日は早く休め」

それだけ言うと、玻玖は立ち上がった。

「だ、旦那様……!?　どちらへ……!?」

「ん？　俺の寝室はあっちだからな。もし他になにか必要なものがあれば、遠慮なく言いにくるといい」

そうして、本当に部屋から出ていこうとするのだ。

結婚初夜であるから、今夜は一晩をともにするものだと思っていた。

それなのに、想像していた展開と違って和葉は驚き慌てる。

「……お待ちください、旦那様！」

「どうした？　必要なものでも思い出したか？」

「い、いえ。そういうわけでは……」

今夜、この場で、この口づけで。

玻玖を殺さなければならないというのに。

言葉に詰まる和葉は、口をもごもごとさせる。

「そ……その。ですから……」

恥ずかしそうに少し唇を噛みながら、頬をほんのりと赤く染める。

その姿を見た玻玖は、部屋の障子を閉め直すとゆっくりと和葉のもとへと向かった。

「……きゃっ……！」

和葉から小さな悲鳴が漏れる。

それもそのはず。突然玻玖が無言のまま、和葉をそのたくましい腕で抱き上げたのだった。

軽々と和葉を抱きかかえる玻玖は、ゆっくりと部屋の中央に敷かれた布団の上へ。

玻玖はひざまずくと、和葉を座らせるようなかたちでそっと下ろした。

目の前には、無防備すぎる玻玖の唇。

それを見て、和葉はごくりとつばを呑み込んだ。

貴一と八重から褒められたい一心で、覚悟を決めてここへきた。

あとは、その唇に口づけをすれば――。

玻玖は和葉を見つめたまま、部屋の隅にある文机《ふづくえ》の上のランプに向かって手を伸ばす。

すると、手の届かない距離だというのに、これも呪術だろうか、玻玖が柔らかく手を握ると、まるで吹き消されたかのようにランプの灯がひとりでに消えた。

暗闇に包まれる寝室。

その中で、二つの影が見つめ合う。

聞こえるのは、互いの息づかいのみ。

そして、和葉の中だけに響く、激しく速い自分の鼓動。

「和葉、愛している」

ふと、闇に溶けるように囁かれる声。

和葉は、はっとして顔を上げる。

……聞き間違いかと思った。

なぜなら、今日夫婦になったばかりの相手に対して、『愛している』なんて。

「……旦那様。失礼ですが、それは〝愛〟ではございません」

愛は、そんなにすぐに紡がれるものではない。

何年もかけて、ゆっくりゆっくりと注がれる。

「〝愛〟は、〝見返り〟です。その人のためになにかをすることで、その褒美として愛を受け取れるのです」

少なくとも和葉は、両親からの愛はそうだと思っていた。

言いつけを守り、期待に応えることで少しずつ小さな愛を感じるものだと。

「つまり、俺の『愛している』という言葉は、和葉への〝愛〟ではないと？」

「……はい。そもそも、呪術を持たぬわたしをお好きになられる理由がありません」

和葉は、玻玖に背中を向ける。

玻玖とは、〝愛〟というものの感じ方がまったく違ったからだ。

これ以上なにかを話したところで、話は一方通行をたどるだけ。交わることなど決してない。

玻玖との『デート』というものも、夕食の時間も本当に楽しかった。

しかしそれは、今思えばただのまやかしだったのかもしれない。

そう思ったら、少しだけ心が軽くなった。

両親からの〝愛〟を注がれたいために、ここで玻玖の命を奪おうと。

「『好きになる理由』……か」

背中から、玻玖の声がぽつりと聞こえる。

「和葉、それは前にも言っただろう。呪術なんて関係ない。俺は、和葉と夫婦になりたかったのだと」

「しかし、わたしたちはまだ片手で数えるほどしか会っておりません。よく知りもしない相手なんかに、愛など――」

そう言って振り返った和葉だったが、直後に大きく目を見開けた。

「……そうだな。こんな面で顔を隠している男なんかに、『愛している』と言われたところで、なにもうれしくはないな」

なぜなら、そのように語る玻玖が――。

狐の面を外していたからだ。

いつもしている狐の面は、玻玖の大きな手のひらの中。

暗がりではあるが、初めて見る玻玖の素顔に和葉ははっとして息を呑んだ。

というのも、前に満月の夜に夢の中で会った銀髪の男とそっくりだったからだ。

和葉を捉えて離さない本物の翡翠のような色をした瞳も、あのときの記憶と重なる。

しかし、あれは夢。そんなはずはない。

和葉は自身にそう言い聞かせ、なんとか心を落ち着かせる。

「普段は決して外さないが、和葉のためなら仕方あるまい。……それに、今日は〝満月〟だからな」

玻玖は微笑むと、月明かりが映る障子に目をやる。

そして、和葉の両肩に手を添えた。

「これから先、一生をかけてお前だけを愛すと誓う」

玻玖は、やさしく和葉を布団の上に押し倒した。

愛おしそうに見つめる魅惑的なそのまなざしに、和葉は思わず目を奪われそうになる。

――ああ。

この翡翠色に輝く美しい瞳をこうして眺めていられるのは、今日が最初で最後かと思いながら。

和葉の心の中にくすぶっていた黒い炎は再び燃え上り、和葉に『そのとき』がすぐそこまできていることを告げていた。

玻玖にどれほど『愛している』と言われようと、和葉がほしいのは貴一と八重からの『愛している』だった。

そっと和葉の頬に添えられる手のひら。

引き寄せられるように、ゆっくりと近づく玻玖の唇。

静かにまぶたを閉じる和葉。

さようなら、旦那様。

そして、こんなわたしを許してください。

今宵、この口づけで貴方様のお命を頂戴します。

重なる玻玖と和葉の唇——。

呪結式のような盃での間接的なものとは違う。直接、玻玖の体へと呪術の毒が流れ込む。

貴一が念じに念じた黒い黒い呪いが。

今度こそ、——終わり。


——人を殺めてしまった。

同時に、わたしの心も死んだのだろう。

罪悪感によってあふれ出す涙もなにもない。

お父様とお母様の言いつけを守ったというのに。

これで、「よくやった」と言って褒めて、愛してくださるというのに――。

……あれ、おかしいな。

どうしてだろう。ちっともうれしくない……。

わたしは一体、なにを――。

「……は、……ずは」

目をつむる和葉の心に響く、柔らかい声。

「和葉」

自分の名前が呼ばれ、和葉は驚いて目を見開ける。

「急に意識を失ってしまったかと思ったぞ」

そこには、翡翠色の瞳で心配そうに和葉を見つめる玻玖の姿があった。

「だ……、旦那……様……？　……どうして」

「どうしてもなにも、ずっといっしょにいただろう」

和葉は一瞬、玻玖のことを化けて出てきた幽霊かと思った。

しかし、和葉の髪をなでる手にはぬくもりがあり、足もある。

「やはり、体調が悪いんだな。もう寝なさい」

玻玖は体を起こすと、掛け布団を和葉の体の上へとかけた。そして、狐の面をつけ直す。

結婚初夜だからといって、玻玖はなにもしてこない。

あのたった一度の口づけだけ。

それどころか、終始和葉の体調を気遣っていた。

だれかに気にかけてもらったのは、いつ以来だろうか……。

とても大事にしようとしてくれている。

そんな玻玖の思いが伝わってきた。

『和葉、愛している』

『これから先、一生をかけてお前だけを愛すと誓う』

だから、あれらの言葉もすべてが本当だとしたら――。

和葉の胸が痛いくらいに締めつけられる。

思いやりのあるやさしいお方を殺そうとするなんて、わたしは――。

……わたしは――！

自分の愚かさに苛まれた。

後悔の念に駆られ、それが和葉の心を底から燃やしていた黒い炎を消し去る。

まるで、呪いの夢から覚めたような感覚だ。

「……お待ちください、旦那様！」

和葉は上体を起こし掛け布団を取っ払うと、部屋から出ていこうとする玻玖を呼び止めた。

「どうした？」

玻玖は、青ざめた顔をして慌てて駆け寄ってくる和葉のほうを振り返る。

「旦那様……！　今すぐ治癒系呪術で、お体を蝕む毒を浄化してください……！」

和葉の目の奥がじわりと熱くなる。

この人だけは、死なせてはいけない。

和葉は強くそう思った。

奇跡的に、玻玖はまだ生きている。

しかし、毒耐性があったとしても、体中に毒がまわるのは時間の問題。

でも、すぐに毒を浄化すれば、もしかしたら――。

「……毒？　なにを言っている、和葉。熱でもあるのか？」

フッと笑ってみせる玻玖は、和葉が戯言《たわごと》を言っているくらいにしか思っていない。

「旦那様!!　今は一刻を争うのです……！　お願いですから、早くご自身の体に――」

「わかったわかった」

玻玖は、まるで子どもと戯れているかのように軽く受け流す。

……仕方のないこと。

まさかあの口づけに、強力な負の呪術がかけられているとは夢にも思っていないのだから。

「旦那様……お願いです!!　わたしの話を聞いてください！」

まともに取り合ってくれない玻玖に対して、焦りと後悔と玻玖が死んでしまうという恐怖で、玻玖の寝間着をつかむ和葉の手に汗が滲む。

もう悠長に話している暇などない。

あとでどんな処分でも受ける覚悟はできている。

だから、本当のことを――。

「ちゃんと聞いているぞ。治癒系呪術をかければいいのだろう？　またあとでしておくから」

「……あとからでは遅いのです!!　なぜなら今、旦那様のお体には――」

そう言いかけた和葉の唇を玻玖が塞いだ。

突然のことで、和葉は目を丸くする。

「なっ、なにをするのですか！　もうわたしと口づけをしては――」

「なにもしゃべるな」

そして、また玻玖は和葉の唇を塞ぐ。

和葉に息をする暇も与えないくらい、噛みつくように何度も何度も。

「旦那様……、どうしてっ……」

和葉はなんとか声を漏らす。

たった一度の口づけならどうにかなったかもしれないというのに、こんなにたくさん触れてしまっては――。

本当に玻玖は死んでしまう。

助けられたはずなのに、それを止めることができなかった。

口づけをされながら、和葉の目に涙が滲む。

それを見た玻玖が、そっと唇を離す。

「……すまない。キスは嫌いだったか……？」

「〝キス〟……とは、口づけのことでしょうか。……そういうわけではありません」

和葉は悟ってしまった。

今は平然としていても、じきに玻玖の体は毒に冒されるのだと。玻玖はもう助からないと。

「……旦那様。わたしもいっしょに死にます」

「死ぬ……？　なぜだ？　死んでは困る。結婚したばかりだというのに」

「正直にお話しします……。じ……実は、わたしの口づけには――」

すべてを告白しようとした和葉の唇を玻玖が人差し指で塞ぎ、和葉は思わず口をつぐんだ。

「だから、『なにもしゃべるな』と言っただろう？」

そう言って、玻玖がやさしく微笑む。

「初めからわかっている。お前の口づけに、負の呪術がかけられていることは」

「えっ……」

玻玖のあまりにも衝撃的な発言に、和葉は言葉を失った。

「それをわかっていて……、どうしてわたしを受け入れたのですか……！」

「そんなの、お前を愛しているからに決まっているだろう？　俺だって男だ。好きな女とキスくらいしたいものだからな」

「ですが、それは旦那様のお体を――」

「心配するな。俺に、呪術の毒など効かない」

混乱しているということもあるが、和葉は玻玖の言っていることが理解できなかった。

それに、まさか暗殺計画が初めからバレていたとは。

貴一が強い憎悪の念を込めた呪術であるのに――。

そもそも、それに限らず呪術の毒が効かないなんて。

「だから、和葉。自分を責めることはない。俺は死なない」

まるでそのことを証明するかのように、玻玖は何度も何度も和葉にキスをした。

逆に和葉が「もうやめて」と言うまでずっと。

「俺を殺すようにと指示したのは、貴一サンだろう？」

玻玖の問いに、和葉はためらいながらもゆっくりと首を縦に振る。

「あの人の考えそうなことだ。俺が死ねば、嫁となった和葉……つまり黒百合家が東雲家を乗っ取り、神導位の座も戻ってくるといったところか」

和葉が説明しなくとも、玻玖にはすべてお見通しだった。

「それにしても、実の娘に負の呪術をかけるとは……。信じられない……！」

ギリッと玻玖は下唇を噛む。

「旦那様、……父は悪くないのです。決めたのはわたしですから」

「こんな使い捨て同然のような扱いをされても、それでも庇うというのか……!?」

「それは――」

和葉は一瞬口をつぐむ。

そして、見ていてつらくなるくらいの笑顔をつくって答えた。

「それは、……わたしの父だからです。親子の絆を深めるために、愛を注いでくれようとした〝父〟だからです」

今にも泣きじゃくりそうな和葉の笑みは、玻玖の心を締めつけた。

この娘は、本当に〝愛〟に飢えているのだと。その感情に支配されてしまっていると。

そして、玻玖には想像もついていた。

今回の暗殺の件も聞こえのいい言葉で和葉を操り、成功すれば安くさい愛情を与え、そしてまた道具のように扱うのだろうと。

「旦那様の暗殺という両親の言いつけを、わたしは守ることができませんでした。言いつけを守れなかったことは……今回が初めてです。おそらくわたしには、処分が下されることでしょう」

自分の運命がわかっているというのに、なおも和葉は強がって無理に笑顔をつくろうとする。

「……ですが、先に旦那様からの処分をお受けしなければ」

夫となった者を殺そうとたくらんでいた。逆に、殺されたって仕方のないことをした。

和葉はとうに覚悟はできていた。

「旦那様、お申しつけください。なんだってしてします。わたしの処分は、一体——」

「……そうだな」

玻玖はそうつぶやくと、和葉をゆっくりと畳の上へと座らせた。

そして、その和葉の前に玻玖はあぐらを組んで座る。

顎に手を当てて考え込んでいた玻玖だったが、なにかを思いついたのか、チラリと和葉に目をやる。

再度覚悟を決め、和葉はごくりとつばを呑んだ。

「これから死ぬまで一生、俺のそばにいろ。それが、和葉に与える処分だ」

その言葉に和葉はキョトンとする。

和葉が思っていたものとはまったく違い、張りつめていた緊張の糸がゆるんだ。

驚きのあまり、和葉は何度も目をパチクリとさせる。

「どういうことでしょうか、その処分は……」

「軽く見るんじゃないぞ？『これから死ぬまで一生』だ。生半可な気持ちでは務まらないからな」

そう言って、玻玖は口角を上げて微笑む。

和葉は恐れ入った。

暗殺をたくらみ、実際にそれを行動に移したというのに、それらを咎めず「そばにいろ」と言うのだから。

「呪いのような両親からの歪んだ愛など、もう欲するな。愛がほしければ、嫌というほどに俺がくれてやる」

そう言って、玻玖は和葉を抱きしめた。

離れることを許さないかのように、強く強く。

「旦那様……！」

玻玖の言葉に応えるように、和葉も玻玖の背中に腕をまわして抱きしめた。

玻玖の胸に顔を埋める和葉の頬に涙が伝う。

しかしそれは、悲し涙などではなかった。

玻玖が生きているという安心感。

そして、その玻玖からの愛に触れ、うれし涙があふれて止まらなかったのだ。

「こんな胸でよければ、いくらでも貸す」

玻玖はそう言って、和葉を抱きしめながら頭をなでた。

一晩中、ずっとずっと。

# 第六章　不吉な手紙

その後、玻玖によって和葉の唇にかけられた呪いは解かれた。

その負の呪術で玻玖は死なないとはいえ、呪術を解いてほしいというのは和葉の希望だった。

貴一の強い念が込められていた呪術だったが、それを解くのは玻玖にとってはそう難しいものではなかった。

黒百合家からも解放された和葉は、東雲家の屋敷でなにに縛られることもない自由な暮らしを送っていた。

しかし、自由すぎる生活にも慣れてはいないもので、使用人の手伝いもさせてもらっている。

玻玖も不思議な男ではあるが、東雲家に仕える使用人たちも全員顔全体を覆う狐の面をつけていて、黒百合家の屋敷の使用人たちとはまったく違う。

それに、突然気配もなく現れたり。

かと思えば、すぐにいなくなったり。

だが、和葉が必要に感じたときにはどこからともなく現れるのだった。

東雲家には二十人ほどの使用人がいるが、その中で和葉の身のまわりの世話係を任されたのが『菊代《きくよ》』という名の使用人だった。

菊代は和葉の世話だけでなく、話し相手にもなってくれた。

黒百合家でも、和葉と話をしてくれる使用人は少数だがいた。本音を言えばみな、乙葉よりも和葉のほうが話しやすい。

しかし、常に八重が目を光らせていた。

そのため、和葉と話しているところを見られただけで『仕事を怠けている』と見なされ、最悪の場合解雇されることもあった。

だから、黒百合家の使用人たちが和葉と話す機会は、なにか〝仕事〟としての用事があるときか、雑談をするにしても八重がいない、ほんのわずかな時間に限られていた。

それに、乙葉と違って和葉には特定の世話係もいなかったため、菊代という使用人の存在は和葉にとっては初めてのことだった。

東雲家に嫁いで二月《ふたつき》、狐の面を被っていて素顔は見えないが、和葉は菊代に心を許すようになっていた。

玻玖はというと、毎日のように和葉をかわいがる。和葉がなにをするにしても気にかけ、そばで見守る。

それは、新婚の夫というよりは、過保護な親のようにも見える。

それくらい、玻玖は和葉がかわいくてかわいくて目が離せなかったのだ。

夜は、縁側で二人で月を見るのが日課となっていた。

「和葉がこうしてそばにいてくれるのなら、他にはなにもいらない」

狐の面をして表情が読み取りづらい玻玖が言うと、そんな甘い言葉もどこか無機質に感じる。

だからこそ、初めのころ和葉は玻玖の真意がわからなかった。

しかし、毎日毎日そのような甘い言葉をかけ、十分すぎるくらいかわいがってくるものだから、和葉はいつしかそれが玻玖の本音であると感じ始めた。

「旦那様。いつも言っているではありませんか。お面をつけておられては、お気持ちがこもっているのかわかりませんと」

今では、こんな冗談も言い合える仲になった。

「だが、面を外すのは勘弁してくれ。照れた顔をお前に見られるのはさすがに恥ずかしい」

「旦那様の照れた顔……ですか？」

「ああ。愛しい和葉がそばにいて、照れないわけがないだろ」

素顔は隠れて見えなくても、玻玖の甘い言葉はいつも直接的。

甘すぎるがゆえ、和葉は未だに慣れることができず、そのたびに頬を赤く染めるのだった。

月明かりに照らされ、にっこりと微笑み見つめ合う和葉と玻玖。

縁側には、唇を重ねる二人の影が映っていた。


そうこうしている間に、玻玖が神導位になって一年がたった。

その祝いとして御所に呼ばれた玻玖は、和葉を連れて都へと向かった。

和葉にとっては、初めての都。

見たこともない人の多さに、和葉はただただ驚くばかりだった。

「和葉、おいで」

「……はい！」

和葉は、差し出された玻玖の手にそっと自分の手を重ねた。

初めは手を繋ぐことにも慣れていなかった和葉だが、今ではそれに幸せを感じる。

大きくて、やさしく包み込んでくれる玻玖の手が大好きだった。

玻玖の溺愛っぷりに戸惑うこともあるが、和葉の空っぽだった心が玻玖の愛で満たされていった。


御所到着。

帝との会食に、和葉は終始緊張状態だった。

玻玖たちが待っていると、ゆったりとした足取りで帝がやってきた。

「おお～、玻玖！　久しぶりじゃの～」

「お久しぶりです。帝サン」

初めて見る帝に、和葉の緊張はピークに達する。

そんな玻玖の隣で固まる和葉に帝が顔を向ける。

「なるほど。そなたが噂で聞いた、玻玖の妻であるな」

「お……、お初にお目にかかります……！　しの……ののめ玻玖の妻であります、かっ、和葉と申します……!!」

ガチガチに緊張し、噛みまくりの和葉に玻玖からは笑みがこぼれる。

練習したにもかかわらず、挨拶すらまともにできなかった和葉は内心落ち込んでいた。

そんな和葉に帝は柔らかく微笑む。

「緊張せんでもよい」

「は……はい……。ですが……」

「そなたのことは聞いておる。……いや、知らぬ者などおらんのではなかろうか。神導位の東雲玻玖が、黒百合家の長女を嫁にもらったという話は有名じゃぞ」

帝の言うとおり、玻玖と和葉の結婚は呪術師界隈を大きく騒がせた。

玻玖の神導位着任以降、神導位の嫁というポジションは年ごろの娘を持つ呪術家系ならだれもが狙っていた。

そこに収まったというだけでも注目されるというのに、それがあの最高峰の呪術家系である黒百合家の娘だというのだから。

しかも、前回の呪披の儀で未来が視えるという希少な呪術を披露した乙葉ではなく、名前も知られていないようなその娘だと聞いて尚更のこと。

「和葉というのじゃな。貴一からは病でふせっていると聞いていたが、顔色はよさそうじゃな」

東雲家の屋敷で玻玖と幸せに暮らしていたため、久々に耳にする貴一の名前に和葉の表情が一瞬こわばる。

自分という存在は、世間ではそういう扱いになっていたのだと改めて思わされる。

「……は、はい。おかげさまで、東雲家へ嫁いでからは不思議と体調もよくなりまして」

和葉は、嘘と悟られないように帝に微笑んでみせる。

「わたしがこうして毎日を楽しみに生きられるのは、旦那様がおそばで支えてくださっているおかげです」

そう言って、和葉はやさしいまなざしで玻玖を見つめる。

病でふせっているというのは嘘であるが、毎日を楽しみに生きられるというのは和葉の本心であった。

それを聞いた帝はほくそ笑む。

「玻玖よ、素直そうなよい娘ではないか」

「はい。俺が惚れた女ですから」

「そうかそうか、それはよいことじゃ。最高の呪術師である神導位の玻玖も、所詮はただの男じゃの〜。美人には目がなかったということか」

帝は持っていた扇子を広げ、それで口元を隠しながらホホホと笑う。

そんな帝に、玻玖は視線を向ける。

「お言葉ですが、和葉が美しいのはその内面があってこそ。その見た目以上に、彼女の心は清らかです。だからこそ、だれにも汚されないように俺の手で守りたいと強く思ったのです」

それを聞かされた当の本人である和葉は、恥ずかしさを隠しきれず顔を真っ赤にしていた。

帝も満足げな表情を見せて微笑む。

「ところで、和葉」

「……はい！」

「そなたも黒百合家の長女であるならば、わらわが驚くような呪術を持っているのであろう？」

「えっ……」

和葉は思わず言葉に詰まる。

「ひとつ、この場で見せてくれんかの～。せっかく病もよくなったというのなら、神導位の妻として見初められた者の実力とやらを見てみたいからの」

突拍子もない帝の言葉に和葉の表情が固まる。

見せるもなにも、呪術など使えない。

貴一と八重に睨まれているわけではないから、帝に直接本当のことを伝えればいいだけのこと。

しかし、そうしたら玻玖に迷惑をかけてしまうかもしれない。

神導位でありながら、なぜこのような無能な娘を妻にしたのかと。

きっと、見る目がないにもほどがあると馬鹿にされ、笑われることだろう。

和葉は、自分がなんと言われようとかまわなかったが、玻玖の重荷にだけはなりたくなかった。

「あ……あの、帝様……。その……」

とっさに適当な言い訳が思いつかない。

和葉の額に冷や汗が滲む。

うつむいたまま、顔を上げることができない。

——すると、そのとき。

「帝サン、今は呪披の儀ではありません。和葉に呪術を求めるのはやめていただきたい」

玻玖が庇うようにして、和葉の前に腕を伸ばす。

「和葉が黒百合家の長女だから、神導位の妻であるから……。そんなことは、俺にとってはどうでもいいこと。和葉が黒百合家に生まれなくとも、もし呪術を持っていなくとも、俺は和葉を嫁にしました。ですから、和葉に呪術など必要ありません」

その玻玖の男らしい言葉に和葉の胸がドキッと鳴る。

しかし、相手は帝だということを思い出し、和葉はごくりをつばを呑み込む。

「東雲殿。これまではあまり目くじらを立てないようにしておりましたが、さすがに今の帝への口ぶりは無礼にも程がありますぞ！」

「そうだ！　帝が『見たい』とおっしゃるのなら、その命に従っていただこう。そちらに拒否権などない！」

玻玖の発言に、帝の両隣にいた側近たちが怒り出す。

たしかに、帝に歯向かうような言い方……。

時代が違えば、即刻首を斬られていてもおかしくはない。

しかし玻玖は、相手が帝であろうと、側近たちに責められようと、毅然とした態度を貫き通す。

「帝サンの命であっても、聞けないものは聞けません。それでもというのなら、この場で神導位辞退の申し出をして帰らせてもらいます」

「……旦那様!?　突然なにを……！」

和葉同様に、側近たちも口をあんぐりと開けて驚いている。

妻が少し呪術を見せればいいだけというのに、それを拒み、こちらの意見を聞き入れてもらえないというのなら神導位を辞退すると。

呪術師であるならば、だれもがうらやみ欲するという神導位の地位を。

玻玖にとっては、そんな地位や名声なんかよりも和葉の心を守るほうが優先であった。

「妻の和葉は、見せ物などではございません。そんなに呪術が見たいとおっしゃるのであれば、四年後の呪披の儀で帝サンの命のままに俺がお見せいたしましょう」

側近たちはぐうの音も出ずに、唇を噛んで黙り込む。

帝はというと、ぽかんと口を開けて聞いていたが、ゆっくりと頬をゆるませる。

「『見せ物ではない』……か。そうじゃの～、わらわが間違っておった。すまんの」

「なにも帝がお謝りになることなど——」

「かまわん。悪いのはわらわじゃ」

帝がそう言うものだから、側近は仕方なく口をつぐむ。

予想外の展開に、和葉は目を丸くする。

玻玖は帝の言葉にようやく落ち着き、和葉の隣に敷かれた座布団の上へ座り直した。

「玻玖よ。そなたのことはどこかつかみどころがない男と思っておったが、だれかのために感情的になることもあるのじゃな」

にんまりと微笑む帝に、玻玖は恥ずかしそうに顔を背ける。

「よかったの〜、和葉。玻玖がよき夫で」

「は、はい……！　わたしにはもったいないくらいで……」

「そなたも十分、よき妻であるぞ。これからも夫婦二人、仲ようせい」

「はい！」

その後、和葉と玻玖は帝と会食をし、都に一泊して、次の日の朝に迎えの車に乗り込んだ。

「そういえば帝様、旦那様のことを『つかみどころがない』とおっしゃっていましたね」

「そうだな。どこをどう見たら、そんなふうに思うのだか」

後部座席から窓の外を見つめながらそうつぶやく玻玖に、和葉は驚いて目を向ける。

「旦那様、ご自身ではお気づきになられてなかったのですか？」

「それは……、この面のせいか？」

玻玖はキョトンして自分の面を指さす。

「たしかにそれもあるかもしれませんが、おそらく帝様がおっしゃっていたのは、旦那様がなにをお考えになっているのかわからないということだと思います」

「そうなのか？　和葉もそう思うか？」

「そう……ですね。旦那様は、おっとりしていらっしゃるので」

「なるほど。しかし、考えていることは単純だぞ」

「……と、言いますと？」

和葉は不思議そうに首をかしげる。

玻玖は和葉の顎に手を添えると、ニヤリと口角を上げた。

「俺はいつも和葉のことしか考えていない」

その言葉に、和葉は顔を真っ赤にする。

「だ……旦那様！　からかうのはやめてください……！」

「からかってなどいない。本当のことだ」

玻玖は和葉の手をそっと取ると、その白くて細い指に自分の指を絡めてやさしく握ったのだった。

初めての都、初めてお目にかかった帝。

それも印象的だったが、和葉にとっての一番は――。

『和葉が黒百合家に生まれなくとも、もし呪術を持っていなくとも、俺は和葉を嫁にしました。ですから、和葉に呪術など必要ありません』

臆することのない、玻玖の芯のある言動。

呪術の力がないことを未だに引け目に感じていたが、そんな不安も取っ払ってしまうほどに和葉の心に響いたのだった。

それからも、ただただ平凡な日々が過ぎていった。

しかしある日、そんな和葉のもとへ――ある一通の文が届く。


「和葉様」

部屋の外から菊代の声がして、和葉が障子を開ける。

「どうかしましたか?」

「和葉様に、文が届いております」

「わたしに、……文?」

これまで和葉に宛てられた文は、結婚前に玻玖が送ったものだけだった。

貴一や八重からも、東雲家の情報収集のための文が送られてきていたかもしれないが、差出人がその二人の名前のものは弾かれるようにと玻玖は屋敷の門に呪術をかけていた。

黒百合家とは縁を切ったつもりでいた和葉だが、今手渡された文の差出人を見て声も出ないほどに驚いた。

【黒百合乙葉】

差出人のところには、そう書かれてあった。

どうりで、玻玖の呪術をすり抜けて文が送られてきたわけだ。

「……和葉様、いかがいたしましょうか。私から玻玖様にお伝えしましょうか」

和葉が黒百合家で家族三人からひどい仕打ちを受けていたことは、使用人たちの間でも共有されている。

そのため、世話係である菊代は和葉の顔を心配そうに覗き込む。

久しぶりに見る乙葉の名前に、虐げられていた日々が和葉の頭の中に蘇る。

「だ……大丈夫です。わたしから旦那様にお伝えします」

和葉はその日、玻玖が屋敷に戻ってくると乙葉からの文のことを伝えた。

「妹の乙葉から……文が？」

「はい。まだ中は見ていませんが……」

玻玖は気づいていた。

乙葉からの文を持つ和葉の手が震えていることに。

「わざわざ憎まれ口を書き記しているとは思えないが、和葉が開けたくないのであれば無理に開ける必要はない」

「……そうですよね。でも、『乙葉』からというのが少し気になってまして。もしかしたら、お父様やお母様の身になにかが起こったのではないかと思ってしまって……」

和葉は神妙な面持ちでつぶやくように語る。

そんな和葉を玻玖は心配そうに見つめていた。

呪術の力がないというだけで家族として扱われず、自身に負の呪術をかけられ暗殺計画の駒とされたにもかかわらず、それでも両親を思いやる心があるのかと。

それがやさしい和葉らしいと言えばそうなるが、玻玖にはどこか健気で切なく感じた。

「旦那様、わたし……」

「ああ、わかっている。気になるのなら、文を開けてみるといい」

「ありがとうございます……！」

和葉はその場で封をちぎる。

いったん深呼吸をして、中の文に目を通す。

黒百合家に不幸があったのではないかと心配していたが、そこには和葉が思っていたこととは真逆の内容が書き記されていた。

なんと、乙葉の結婚が決まったのだ。

そこで近々結納が執りおこなわれ、その場で両家の顔合わせもあるため、和葉には一度戻ってきてほしいという内容だった。

「乙葉が、結婚……！」

その知らせに、和葉は驚いた。

乙葉にも散々ひどいことをされてきたが、幼少期は仲のよかった双子の姉妹。

そんな乙葉が結婚すると聞いて、これまでのおこないを思い返すよりも、今は素直にうれしく思えたのだった。

結納は、今から十日後の九月三十日。

夫の玻玖もぜひにと書いてある。

――しかし。

「旦那様、その日は……」

「ああ。御所へ出かけているな」

その日は、帝の誕生日だった。

毎年、帝に縁のある者が御所に招待され、帝の生誕を祝うのだ。

去年、玻玖は初めて招待された。今年は結婚もし、和葉も呼ばれていた。

二人で出席予定だったが、ちょうどその日に乙葉の結納――。

帝からのお呼ばれは絶対に断ることはできないし、だからといって乙葉の結納も夫婦そろって欠席するわけにもいかない。

よって、必然的に玻玖は御所へ、和葉は乙葉の結納へそれぞれ出向くこととなった。


そして、当日。

玻玖は朝早く、太陽が昇る前に屋敷を出た。

都までは距離があり、玻玖は一泊してから明日帰ってくる予定になっている。

和葉はいつもどおりに支度をし、淡い色の訪問着に着替えた。

「それでは、和葉様。お帰りは十七時ごろ、黒百合家へ車でお迎えにまいります」

「ありがとうございます」

「どうか、お気をつけて」

和葉の手を取り、菊代は両手でやさしく包み込む。

『どうか、お気をつけて』

その言葉の意味を理解した和葉は、菊代に笑ってみせた。

「もう大丈夫です。いってきます」

そうして、和葉を乗せた車は黒百合家へと向かった。

に。


「和葉様、到着いたしました」

思っていたよりも早く、一時間ほどで黒百合家に着いた。

運転手が後部座席のドアを開ける。

久々の実家に和葉はごくりとつばを呑んだ。まるで、自分を奮い立たせるかのように。


「……和葉お嬢様ではありませんか!?」

屋敷に入ってすぐに和葉に気づいたのは、庭のはき掃除をしていた使用人だった。

「まあ、ずいぶんとおきれいになられて！　お久しゅうございます」

「あ……はい。お久しぶりです」

和葉はペコペコと会釈をし、使用人に連れられて屋敷の中へ。

当たり前だが、嫁入り前となにも変わっていなかった。

絨毯の柄も、玄関の正面に飾られている高価な壺《つぼ》も、美的センスがわからない絵画もなにもかも。

しかし、その中でも変わったものがあった。

——それは。

「和葉！　待っていたわ！」

そんな声が上から聞こえて、和葉は思わずピタリと足を止める。

見ると、階段の上には満面の笑みの八重がいたのだ。
「お、お母……様」
まるで首が締めつけられたかのように、和葉は喉がギュッと絞られて声が出せない。
『もう大丈夫です。いってきます』
菊代にはああ言って出てきた。あのときは、大丈夫だと思っていた。
しかし、いざ八重を目の前にすると、和葉は体が固まってしまった。
和葉は、玻玖に愛されて知ってしまったのだ。
貴一や八重からの愛は、〝愛〟ではなかったと。
だからこそ、微笑む八重の顔が今となっては恐ろしく感じるのだった。
「よく帰ってきたわね！　お母様はうれしいわ」
階段を駆け下りてきた八重が、和葉をギュッと抱きしめる。
こんなこと、この十何年されたことがなかった。
以前の和葉なら愛を感じ、たいそう喜んだことだろう。
しかし今の和葉は、やさしすぎる八重の言動に身震いがした。
それに、香水の匂いもきつい。
「貴一さん！　和葉が帰ってきましたよ！」
甲高い八重の声は、屋敷の中でもよく響く。

八重の声をたどるようにして、二階から貴一が顔を出した。そのあとに続いて、乙葉も。

「本当だ、お姉ちゃんんだ！　久しぶりに会えてうれしいわ」

乙葉が上から笑顔で手を振る。

「乙葉お嬢様、まだお化粧の途中です……！」

そんな使用人の声が聞こえ、乙葉は「はーい」と軽く返事をすると戻っていった。

残されたのは、和葉をじっと見つめる貴一。

「お……、お父様。お久しぶりです」

和葉は、固唾を呑みながら貴一を見上げた。

黒百合家の人間に会うのは、玻玖との呪結式以来。最後に交わした会話は、玻玖の暗殺計画についてだった。

あれからもう何ヶ月もたっている。

暗殺に失敗していることは、とうに知られている。

それに、貴一なら唇にかけた負の呪術が解かれたことも感覚でわかっているだろう。

『和葉。結婚初夜である今夜、あやつにその口づけをくれてやれ』

忘れたと思っていたのに、あのときの貴一の声と表情が脳裏に焼きついていた。

初めの言葉は、暗殺失敗に対する叱責だろうか。

和葉は無意識のうちに貴一から視線を逸らし、うつむきながら震えていた。
「よく帰ってきた」
ふとそんな言葉が聞こえ、驚いた和葉は瞬時に顔を上げる。
「車とはいえ疲れただろう。乙葉の支度が終わるまで、自分の部屋で休んでいるとい
い」
そう言って、貴一は廊下の角に姿を消した。
拍子抜けしたまま、和葉は使用人に部屋へと案内される。
実家であるから自分の部屋くらいわかるというのに、すっかりお客様のようなもて
なしだ。
和葉の部屋は、嫁入りに行ったときの状態のまま残されていた。部屋の中も、屋敷
も変わっていない。
唯一変わったのは、和葉に対する黒百合家三人の態度だった。
里帰りを快く受け入れられ、本来ならばうれしく思うはずなのに……。
三人の顔には、まるで笑った顔を描いた面が貼りつけられているのではと思うほど、
和葉にはどこか気味悪く感じた。
その後、主役である乙葉の支度が整った。
乙葉らしく、まぶしいくらいの真っ赤な着物を着ていた。

四人は車に乗って、結納が執りおこなわれる料亭へと向かった。

この辺りでは最高級といわれる料亭で、広い敷地内には緑の苔が覆い尽くす美しい庭も広がっていた。

乙葉の結婚相手は、黒百合家の次に財力があるといわれている蛭間《ひるま》家の次男、蛭間清次郎《せいじろう》だった。

歳は、二十一歳。

清次郎は、スーツ姿という洋装で現れた。

清次郎は、高い鼻が特徴的な整った顔をしており、身長も高く、スーツがよく似合っている。

この場には、清次郎の両親、蛭間家長男とその妻が同席した。

「黒百合殿、今日はよろしくお願いいたしますぞ」

「こちらこそ、ぜひ」

互いの父親は、にんまりと微笑み合う。

結納はこれといったトラブルもなく、順調に進められた。

清次郎は、乙葉のかわいさに終始目を奪われている。

一方乙葉はというと、整ってはいるがどこか今ひとつ物足りない清次郎の顔に対して、面食いスイッチは入らないようだった。

乙葉にとっては、好きでも嫌いでもない顔。

とりあえず、これくらいの顔で妥協しておくか。というのが、乙葉の考えといったところだろうか。

そして、無事に結納が終わる。

今日は、黒百合家に婿にくる清次郎と、その妻になる乙葉が主役の日。

本来であれば、会食が始まるまでの間は二人の結婚後についての話がなされることだろう。

しかし、違った。

蛭間家当主は、神導位の妻である和葉のことが気になって仕方がなかった。

「和葉様は、神導位である東雲殿のところへ嫁がれたとか」

「は、はい。……あの、〝様〟はおやめください」

「そうはいきません。あの神導位の妻になられたお方ですから！」

対角線上の一番離れた場所に座る清次郎の父親、蛭間家当主に興味を持たれ、和葉は困惑する。

「それにしても黒百合殿、驚きましたぞ。黒百合家の長女は病でふせっていると聞いておりましたが、まさかこのようなお美しい方だったとは」

「おかげさまで病状もよくなり、こうして神導位にも見初められ、親としては誇らしい限りです」

貴一たちの話を聞いて、和葉は反吐《へど》が出そうだった。

病気ということも嘘。誇らしいというのも嘘。

あれだけ黒百合家の恥として虐げ、神導位である玻玖の暗殺をたくらんでいたというのに、よくもそのようなつくり話ができるものだと。

そう思いながら、和葉はぐっとこらえていた。

せっかくの乙葉の晴れ舞台を自分が汚すわけにはいかない。この場さえ乗り切ればいいだけのこと。

和葉は、自分の話が早く終わることを願っていた。口をつぐみ、うつむいて。

そんな和葉をおもしろく思っていないのは、もちろん乙葉だった。

主役は自分であるにもかかわらず、貴一と清次郎の父親は和葉の話ばかり。

この場の注目が和葉に向けられていることがたいそう気に食わなかった。

乙葉が愛想笑いを浮かべながらも、腹の底では和葉に嫉妬心を燃やしていることは、双子である和葉にとっては嫌というほどにわかっていた。

「あ、あの、わたしの話はもういいですから……」

和葉が声をかけるも、しばらくの間は和葉の話題で持ちきりだった。

その帰り。

「お父様、どういうことなの⁉　わたくしの結納の場だというのに、お姉ちゃんの話ばっかり！」

予想していたとおり、乙葉はひどく怒っていた。

狭い車内で、乙葉の鋭い睨みが和葉に刺さる。

「仕方ないだろう。蛭間家も、神導位やその妻の和葉のことに興味をお持ちだったのだから」

「だからって、なにもあんなに楽しそうに話さなくたっていいじゃない！」

「すまんすまん。べつに、そういうつもりで話していたわけではない」

「そうよ、乙葉。これから蛭間家とはいい関係を築いていく必要があるのだから、お父様も相手方の話に合わせていただけよ」

貴一と八重になだめられる乙葉だったが、到底納得しているようには見えない。

こうなってしまった乙葉はなにを言っても聞かないことはわかっていた和葉は、乙葉から向けられる小言の数々にじっと耐えていた。

和葉の話題もあってか、結納は思っていたよりも時間が押して、黒百合家に着くころには十七時前だった。

そういえば、十七時ごろに迎えの車をよこすと菊代が言っていたことを和葉は思い出した。

「お父様、わたしはそろそろこれで——」

「なにを言っている。今日はもう泊まっていきなさい」

「で……ですか、わたしはそんなつもりは——」

「遠慮することないじゃないか、和葉。ここはあなたの家なんだから」

「それに、迎えは明日の朝でよいと、前もって東雲家には文を飛ばしておいたぞ。乙葉の名前でな」

貴一はそれだけ言って、立ち去っていった。

一瞬聞き流しそうになったが、たしかに言った。『乙葉の名前で』と。

貴一はわかっていた。

自分と八重の名前の文は、東雲家から弾かれているということを。

蛭間家との会食の途中で、貴一が一度席を立つ場面があった。

なにをしに行ったのかと和葉は思っていたが、あのときにすでに呪術の文を飛ばしていたのだった。

しばらくすると夕食の時間だった。

使用人たちが丹精込めてつくった料理が並べられている。

どれもおいしそうだが、今日中に東雲家へ帰ることができなくなった和葉の気持ちは憂鬱で、まったく食欲が湧かなかった。

さらに驚いたことに、以前までは離れて座らされていたというのに、和葉の食事は乙葉の隣に用意されていたのだ。

久しぶりの実家。

そして、ただでさえ家族で濃い時間を過ごし気疲れしているというのに——。

本音としては、前のように三人から離れた席で、一人静かな食事がしたかった。

食事の時も、貴一や八重がやたらと和葉に話しかけてくる。乙葉が嫉妬しない程度に。

和葉にとっては、それがどうも〝家族〟として接しようと取り繕っているふうにしか思えなくて、まったく落ち着かなかった。

そして、その違和感のわけがようやく判明する。

その日の夜中。

和葉は寝る前に明日の支度をしていた。

それが終われば休もうと思っていたが、なかなか寝つくことができなかった。

実家だというのに、ここはもう自分とは関わりのない場所——。

そんな気がして落ち着かなかったのだ。

……コンコンッ。

すると、和葉の部屋のドアがノックされる。

静まり帰った屋敷に響いた物音に、驚いて和葉はドアに視線を移した。

使用人たちは夕食の後片付けをして、この時間はすでに帰ってしまっている。

ということは、黒百合家三人のうちの――だれか。

「は……、はい」

和葉はごくりとつばを呑み返事をした。

「和葉、起きているか？」

ドアの向こう側から聞こえたのは、貴一の声だった。

八重や乙葉が和葉の部屋にくることはあっても、貴一自らやってくることはこれまでにほとんどなかった。

和葉はおそるおそる部屋のドアノブを握る。

「すまんな、こんな夜更けに」

少し開けたドアの隙間から見えたのは、申し訳なさそうに眉尻を下げる貴一の顔だった。

「少しいいか？」

「……は、はい」

和葉は貴一を部屋に入れる。

部屋に入った貴一は、きれいに畳まれたベッドの上の着物に目をやる。

「なにも急いで帰らずとも、せっかくなのだから何泊かしていけばよいだろう」

「……ありがとうございます。しかし、長い間家を空けるわけにはいきませんので」

和葉は一歩下がり、ヘコヘコと頭を下げる。

「そうとは言っても、東雲家には使用人もいるのだろう?」

「そうなのですが、旦那様も明日お帰りになられますので、それまでには屋敷に戻り、お迎えしたいと思っております」

「ほう。和葉も妻としての務めを果たしているのだな」

「……いえ。まだまだ、慣れないことばかりです」

和葉はどうにも落ち着かず、貴一から視線を逸らす。

なぜなら、貴一と二人だけの空間で話すことは子どものころ以来初めてだったから。

聞かれたことに当たり障りのない言葉で返すことくらいしかできない。

それに、暗殺失敗の話には触れてこないため、余計に貴一の真意がわからなかった。

「どうだ?　東雲殿はよくしてくださっているのか?」

「そ、それはもうやさしくしていただいております」

「そうか。良好な関係であるのなら申し分ないな」

和葉の話を聞いて、貴一がにっこりと微笑む。

和葉は驚いた。

自分に対してこんなに穏やかな表情の貴一は、これまでに見たことがなかったから。

だからこそ、和葉はふと思ってしまった。

貴一はただ、娘の幸せを願っているだけなのだろうか。

暗殺は失敗に終わり、玻玖には敵わないと自覚したのだろうか――と。

――しかし。

「それほど仲睦まじいのであれば、もはや呪術などかける必要もないな」

貴一は微笑みながら、和葉に語りかけた。

その瞬間、和葉はこの場の空気が変わったことを察知した。

やはり、人はそう簡単に心が入れ替わるものではなかった。

「和葉。わしの命令を忘れたわけではないな？」

貴一が一歩和葉に詰め寄ると、和葉は一歩後ずさりをする。

貴一の命令――。

『東雲玻玖をあの世へ葬れ』

忘れたと思っていたのに、今でも頭の中に響く。

「お前は、黒百合家の人間だろう。それなのに、なにをあの男に飼い慣らされておるのだ」

「飼い慣らすなど……！　旦那様は、そのようなお方ではありません！」

「ほう。この父に口答えするというのか」

貴一は上から見下ろしながら、和葉を部屋の隅へと追い詰める。

「和葉。わしはなにも、暗殺の失敗を咎めようとしているわけではない。あやつに計画が気づかれただけであろう？　それならば、再度お前に機会を与えてやろうと言っているのだ」

「機会……？」

「そうだ」

そう言って、貴一は着物の袖から取り出したあるものを和葉に押しつける。

「これは……」

息を呑む和葉。

貴一から渡されたのは、黒い漆が塗られた鞘《さや》に収まる短刀だった。

「女でも扱いやすいものだ。お前ならあやつに近づくこともたやすい。それで、あやつの心臓を一突きにしろ。小賢《こざか》しい呪術よりも、こちらのほうが確実だ」

和葉は言葉を失う。

この期に及んでも、自分の父親は暗殺をたくらんでいるのかと。

しかも、娘の手を汚《けが》させるのかと。

和葉が今日ここへきてから貴一や八重の態度が明らかに柔らかくなっていたのも、また泊まらせることにしたのも、すべてはこの話をするため。

やはり和葉は、黒百合家の中では『家族』と思われてはいなかった。

和葉の『家族』は、今や東雲家だけだ。

「あとのことは心配するな。さすがに病死にすることはできんが、わしがうまくやってやる」

貴一はわかっていた。和葉は断らないということを。

従順な和葉が、言いつけを守らないわけがないという絶対の自信があった。

ところが──。

「……できません、お父様」

和葉からぽつりと声が漏れた。

「……ん？　なにか言ったか？」

「ですから……!!『できません』と言っているのです！」

一瞬呆気にとられた貴一だったが、初めて見せる和葉の反抗的な態度に貴一の目尻がピクリと動く。

「どうした、和葉。もちろん、タダでとは言わん。褒美だって──」

「そのようなものはいりません。前のときだって、わたしはお父様とお母様からただ褒められたいがために引き受けたのです……」

それを聞いた貴一は、口をぽかんと開ける。

「……褒められたい？　そんなことでいいのか？」

「はい……。わたしは、褒められることで愛を注がれていると思っていましたから」

「それなら、今回も──」

「しかし、愛に飢えていたわたしを愛で満たしてくださったのは……紛れもなく旦那様です！　わたしはもう、お父様たちからの愛などこれっぽっちも欲しておりません……！」

常に言いつけを守る便利な存在だった和葉。

それが東雲家へ嫁ぎ、しばらく会わない間になにかが変わったような。

──もう自分の思いどおりにはならない。

意思が揺らぐことのない和葉の力強いまなざしを見たら、悔しくも貴一はそう思わざるをえなかった。

「それに、こんなことはもうおやめください……！　三百年間、神導位としての地位を築いてきた黒百合の名を自ら汚すおつもりですか！」

和葉としても、これほどまでに復讐心に囚われる父親など見たくもなかった。

だから、せめてその呪いから解放されるようにと訴えかける和葉。貴一に対する思いとともに涙も込み上げてくる。

しかし、父を思う和葉の言葉など貴一に届くはずもない。

「黙れ、和葉！　その神導位の座を取り戻すためだ！　お前は、ただ黙ってわしの言うことだけを聞いておればいいのだ！」

「ですから、わたしはもう――」

「わかったな、和葉」

その瞬間、和葉はまるで体中を細い糸で縛られたかのようにピリピリとした痛みに似た感覚に陥り、体を動かせなくなった。

それに加え、頭もぼうっとする。

「聞け、和葉。お前は、この短刀で東雲玻玖の心臓を貫くのだ。そして、このことをだれかに話すことも禁ずる」

貴一は、身動きの取れない和葉の着物の懐に短刀を差し込む。

表からは見えないように、中に隠れるように奥へ奥へと。

「もし、あやつを殺すのをためらったり、だれかに計画を漏らすようなことがあれば……。そのときは和葉、お前の命をもって償え」

こんな和葉の意に反すること、和葉自身が受け入れるわけがなかった。

――しかし。

「もう一度言う。わかったな、和葉」

どうしても、この言葉には逆らうことができない。

「は……はい、お父様……」

和葉は目にあふれるくらいの悔し涙を浮かべ、抗いながらもゆっくりとうなずいた。

貴一は和葉の返事を聞くと、満足そうににんまりと笑う。

「わかればよろしい」

貴一が背中を向けると急に体の力が抜け、和葉はその場に膝から崩れ落ちた。

手を握ったり開いたりして、感覚を確かめる。

今はなんともないが、たしかにさっきは体が動かなかった。

あれは、一体――。

「そうだ、和葉」

部屋から出ていくかと思いきや、貴一が和葉のほうを振り返る。

「念のため、もう一度その唇に毒を仕掛けておくか」

「な……なぜですか」

「さすがのあやつも、まさか同じ呪術が二度もかけられているとは思うまい」

貴一は暗殺計画に執着するあまり、和葉の顔などまったく見ようとはしていない。

今の和葉から見た貴一は、うまくいかなかったからとムキになる子どものように思えた。

「お父様、それは無意味なこと……。旦那様には、その呪術は効きません」

和葉がそう言うも、貴一は無視して和葉の前へしゃがみ込む。

「毒にも段階というものがある。あのときよりも強い毒素を含んだ呪術をかければ、さすがのあやつもただでは済むまい」

「お……、おやめください。わたしはもう──」

「じっとしておれ。その唇に呪術をかけねば意味がなかろう」

和葉の唇しか見えていない貴一とは、どんなに和葉が訴えかけようとその目が合うことはない。

紫色の煙のようなものが渦巻いた貴一の手のひらが、徐々に和葉の唇に近づいてくる。

結局、父親を説得することはできなかった。また、道具として扱われる。

──『泣いてはいけないよ』。

頭の中に響く、あの言葉。決まって、和葉が悲しい涙を流そうとする際に聞こえる。

いつもなら、その声に励まされる。

だが、今は無理だった。

こんな状況、悲しい以外のなにものでもない。

和葉は目をつむり、貴一から顔を背けて、術がかけられないようにとせめてもの抵抗をする。

「往生際が悪いぞ、和葉。いい加減に――」

そのとき、突然和葉の部屋のドアが開け放たれる。

そのけたたましい音に驚き、一瞬貴一の動きが止まった。

和葉も驚いて目を開けると、そこにいたのは――。

「往生際が悪いのは、貴一サン。あなたのほうですよ」

なんと、それは玻玖だった！

「だ、旦那様……!!」

「……東雲玻玖!?　なぜここに!?」

想像していなかった展開に、貴一は大きく目を見開く。

「なぜと言われましても、妻の帰りが遅いので迎えにきました」

「……迎えにきただと!?　貴様、今は都にいるはずでは……！」

「そうです。だからこそ、この日に和葉を実家に呼びつけたのですよね。俺と引き離すために」

玻玖にはすべてお見通しだった。

帝の誕生日である九月三十日。この日、神導位は必ず都に呼ばれることは元神導位の貴一なら把握済み。

そこで同日に、和葉が実家に帰らねばならない用事を取りつけたのだ。

再び、玻玖の暗殺計画を伝えるために。

「屋敷の者から聞きました。和葉の帰りが明日になるとの文が届いたと。それで、なにかがおかしいと思いまして」

「たったそれだけのことで、和葉を迎えにきたというのか……！」

「はい。和葉が安心して過ごしているようであれば、俺はここへきたことは告げずに帰るつもりでした。しかし、なにやら聞き捨てならないお話が聞こえたもので」

「聞こえただと……!?　一体、どこから!?」

「地獄耳なもので。すみませんね」

自分の耳を指さしながら、玻玖は少しだけ口角を上げた。

「……フッ。たしかに、自分の暗殺計画ともなれば、聞き流すことはできんな」

「そこではありません」

玻玖はすぐさま否定する。

「貴一サン、あなたならまだなにか仕掛けてくるとは思っていました。まさかそれが、再び和葉の唇に毒を仕掛けるということであったのは予想外でしたが」

「この前の比にならぬくらいの猛毒を仕込んでやろうと思っていたのに」

玻玖に悪事がバレた貴一は、大人しく語り出す。とはいっても、その表情はひどく悔しそうだ。

「どうしても聞き流せなかったのは、その毒です。それほどまでの負の呪術をかければ、和葉の身をも危険にさらすことになります」

玻玖の発言に驚いた和葉は、慌てて貴一に目を移す。

「貴一サン。あなた、和葉を死なせるおつもりですか」

玻玖の鋭い視線に、貴一はギリッと奥歯を噛む。

「……うるさい。うるさい！　うるさい!!　死に損ないがしゃしゃり出おって!!　和葉は黒百合家の人間だ！　部外者が口を挟むな！　自分の娘になにをしようと——」

その瞬間、目にも止まらぬ速さで貴一に飛びかかった玻玖は、その口を塞ぐようにして貴一の顔を片手で鷲づかみにする。

「和葉は、〝俺の嫁〟です。名前は、『東雲和葉』。れっきとした、東雲家の人間です」

ほんの一瞬垣間見えた玻玖の恐ろしい圧に、貴一でさえも思わず縮み上がる。

玻玖は床の上にへたり込む和葉を抱き起こすと、もう一度貴一を睨みつけた。

「こちらこそ、部外者が口を挟まないでいただきたい。……〝黒百合〟サン」

貴一はなにも言い返せず、下唇を噛みながら玻玖を睨みつける。

「帰ろうか、和葉」

「……はい」

やってきた玻玖に安心したのか、和葉は気を失うようにして眠ってしまった。

「……さっきのはなに!?」

「ものすごい音がしたけれど！」

眠っていた八重と乙葉が、物音を聞きつけて飛び起きてきた。

そして、和葉の部屋から暗がりの廊下に出てきた玻玖を見て、二人同時に目を丸くする。

「し……東雲様……!?」

玻玖は目を合わせることもなく、和葉を抱きかかえて連れていったのだった。


再び、玻玖の暗殺計画は破綻に終わった。

と思われたが――。

眠る和葉の着物の懐に黒色の鞘に収まった短刀が仕込まれていることを、このときの玻玖が知るはずもなかった。

# 第七章　招かれざる客

黒百合家へ里帰りした日から、数週間後。

「和葉、今日も顔色があまりよくないようだが」

「そ、そうでしょうか。そんなことはないと思うのですが……」

「あまり無理はするな。つらかったら、すぐに休め」

「ありがとうございます」

和葉は、そっと胸に手を当てる。

そこには、着物に隠れて短刀が仕込まれていた。

『それで、あやつの心臓を一突きにしろ。小賢しい呪術よりも、こちらのほうが確実だ』

貴一から手渡された短刀。

再び、唇に負の呪術をかけるという会話は玻玖に聞かれていた。

しかし、その前に話していた短刀で直接玻玖を狙うという暗殺計画はまだ生きている。

本当はすぐにでもこの短刀を捨てて、玻玖にすべてを打ち明けたい。

――しかし。

『もし、あやつを殺すのをためらったり、だれかに計画を漏らすようなことがあれば……。そのときは和葉、お前の命をもって償え』

なぜか体が言うことを聞かず、短刀を捨てることもできない。それに、玻玖にこのことを打ち明けようとするものなら、突然の吐き気に襲われるのだった。

そのため、なんの進展もないまま今に至る。

「和葉、おいで」

「はい」

和葉を招いた玻玖は、その腕で和葉を抱きしめる。

そして、やさしく頭をなでるのだった。

ここ最近、毎日玻玖はこうして和葉を愛でる。

初めは恥ずかしがっていた和葉だったが、玻玖に頭をなでられると、なぜかとても癒やされるのだった。

そんなある日。

東雲家に、招かれざる客がやってくる。

「……和葉様！」

昼食後の片付けの手伝いをしていた和葉のところへ、菊代が飛んでくる。

「どうかしましたか？」

「実は、表にお客様が……」

「お客様？　どなたですか？」

首をかしげる和葉だったが、なぜか菊代は言いづらそうだ。

「……それが。黒百合乙葉様でございます」

「乙葉……!?」

和葉は、棚に片付けようとしていた皿を危うく落としそうになった。

なぜ、乙葉がこの東雲家に……。

「ということは、お父様とお母様もいっしょに……」

「いえ、お一人でこられております」

ますますわけがわからなかった。

ちょうど玻玖は外出しており屋敷にはいなかった。

よって、今家のことを任されているのは和葉だ。

「……どういたしましょうか」

「そうですね……」

結婚した姉を訪ねに、妹が遊びにくることはなんら不思議ではない。

しかし、黒百合家の人間はもう信用できない。

このまま、会わずして突き返すことも可能だった。

だが、そんなことができるほど和葉は無慈悲ではなかった。

「……ひとまず、会ってみます」

和葉はごくりとつばを呑むと、乙葉が待つという玄関先へ向かった。

「あっ！　お姉ちゃん、遅いよ～」

和葉に気づくと、乙葉が大きく手を振ってくる。

この様子からすると、どうやらつんけんとした乙葉ではなさそうだ。気分によっていつ切り替わるかはわからないが。

それに、乙葉を送った車は帰ってしまい、辺りに人の気配もない。本当に一人でやってきたようだ。

なぜか、足元に大きな皮製のバッグを置いて。

「……急にどうしたの、乙葉」

「悪いんだけど、しばらくの間泊めてもらうから」

「えっ……!?」

口を開けて驚く和葉のことなどお構いなしに、乙葉は話を続ける。

「そういうことだから、よろしくね」

「ちょっと待って……！　どういうこと!?」

「あっ、そのバッグお願いね。重たくて、わたくしには運べないから」

乙葉はバッグをその場に残すと、断りもなしに屋敷の中へと入っていった。

あとから、乙葉のバッグは菊代が中へと運んだ。

突然やってきた乙葉は客間へと案内される。

疑心暗鬼の和葉は警戒しながら、出されたお茶菓子をおいしそうに頬張る乙葉の向かいに座る。

「……もしかして、お父様に言われて？」

貴一ならやりかねないと和葉は思っていた。

おそらく、この短刀で玻玖を暗殺するのをそばで見届ける監視役に乙葉をよこしたのだろうと。

ところが——。

「違うわよ、お父様なんて関係ないわ。それよりも、今のわたくしにお父様とお母様の名前は出さないで！」

そう言って、なぜか乙葉は怒り出した。

わけを聞くと、……どうやら親子喧嘩をして家を飛び出したらしい。

婿の清次郎から、普段からもう少し落ち着いた色の着物を着てみてはどうかと提案されたとのこと。

だが、乙葉が人の提案など聞くわけがなかった。

清次郎は、乙葉とともに黒百合家の将来を担う大事な婿。結納を終えたとはいえ、逃げられては困る。

それに、乙葉の態度を蛭間家に告げられ、今更関係がこじれるのも避けたい。

そこで、わがままを言うなと貴一と八重が初めて乙葉を叱ったところ、激怒した乙葉と口喧嘩に発展した。

その勢いでこうして家出した乙葉だったが、もちろん行く宛などなく、散々虐げ馬鹿にしてきた和葉のところへ図々しくも転がり込むことにしたのだ。

しかし、乙葉はそんなこと恥ともなんとも思っていない。

「だけど、旦那様が戻ってこられたら、なんと言われるかはわからないわよ……？」

「大丈夫！　ちゃんと手土産もお持ちしたから」

乙葉は荷物といっしょに、一升瓶も持ってきていた。

わがままで自分勝手な乙葉ではあるが、名家の娘として訪問時の最低限の礼儀作法は持ち合わせているようだ。

「東雲様のお好きなものがわからなかったから、ひとまずお酒にしたから」

「……お酒。あまり飲まれているところは見ないけど」

「そうなの？　でも有名な酒蔵のものだから、きっと気に入られるわ」

そんな話をしているうちに、玻玖が戻ってきた。

「東雲様、お邪魔しております～」

開けた障子から顔をのぞかせた玻玖に対し、乙葉は愛想を振りまき手を振る。

そんな乙葉に対して、玻玖は無言で会釈した。

「……ごめんなさい、旦那様。乙葉を勝手に屋敷に上げてしまって……」

乙葉を客間に残し、和葉は玻玖とともにいったん廊下へ出る。

「話は菊代から聞いている。なんでも、家出してきたからしばらく泊めてほしいと？」

「……はい。我が妹ながら、本当に身勝手で……。とは言いつつ、真意はお父様から
なにか頼まれたのではないかと――」

「いや、それはないな」

玻玖は、障子越しに乙葉のいる客間に視線を移す。

「あの娘、考えるよりも先に感情のままに動くところがあるだろう？　それに、思っ
ていることが顔に出やすい単純な性格だ。そんな娘が、黒百合サンの悪だくみを秘め
ながら、あんなふうにあっけらかんとした演技ができるとは到底思えない」

「それは……たしかに」

「呪術に関しては優秀でも、本来そこまで器用な娘でもないと見受ける。だから、そ
れほど心配することもないだろう」

てっきり、黒百合家の人間は追い出すものかと思っていたから、正直和葉は驚いた。

しかし、玻玖が強い口調で乙葉を追い出せと言ったとしても、きっと和葉にはそれ

はできなかっただろう。

貴一と八重同様に和葉を虐げていた乙葉だが、それは親の背中を見て育ったから。

もし乙葉が違う親のもとに生まれていたのであれば、このような子にはなっていなかったのではと、和葉は姉なりに妹のことを心配していた。

「まあ、広いお部屋！」

その後、和葉は乙葉を余っている部屋へと案内する。

「この部屋を自由に使っていいと、旦那様がおっしゃってくださったから」

「ありがとう、お姉ちゃん。でもわたくし、ベッドじゃないとなかなか寝つけないのよね」

小言を漏らしながら、乙葉は畳の上へ座る。

黒百合家は和モダンの造りで、貴一以外の家族の部屋は洋室のため、乙葉は畳の上に布団を敷いて寝たことがなかった。

「ベッドがいいなら、実家へ帰ったらどう？」

「イヤよ！　お父様とお母様の顔なんて見たくもないんだからっ」

乙葉はフンッとそっぽを向いた。それを見た和葉からはため息が漏れた。

突然やってきた乙葉との奇妙な暮らし。

黒百合家にいたときは、和葉は乙葉のことを脅威に感じていた。

しかし、貴一と八重がいない状況、しかも玻玖に守られている今の状況では、乙葉への感じ方も違った。

今思えば、なにをあんなに恐れていたのだろうと思うくらい。


夕食時。

いつもなら、和葉と玻玖のちょうどいい間の空いた会話が静かに聞こえるのだが、今日は違った。

「東雲様、素敵なお屋敷に住んでらしたのね！　お庭も広くてうらやましいわ！」

乙葉のマシンガントークが炸裂していた。

玻玖は箸で煮魚の身をつつきながら、無言でこくんこくんと相づちするだけ。

「東雲様、お姉ちゃんのどこをお好きになられたの？　正直なところ、やっぱりわたくしのほうが美貌では勝っていると思うのだけど」

「……乙葉！　食事のときくらい静かにできないの？」

「わたくしは、家でもこのような感じよ？　実家ではお姉ちゃんに注意なんてされたことがなかったけれど、結婚なさってからずいぶんと雰囲気が変わられたのね」

和葉を蔑むように、乙葉がクスッと笑う。

「べつにいいじゃない。東雲様にお聞きしたいことがたくさんあるんだから」

「旦那様も落ち着いてお食事ができないから――」

「いや、かまわない。賑やかな食事もたまにはいい」

「ほら～、東雲様もこう言ってくれてるわ」

乙葉は常に玻玖に質問攻めだが、一応和葉の妹ということもあって、玻玖は怒る素振りはまったく見せなかった。

「あっ！　そうだ！　東雲様、わたくしがお持ちしたお酒をぜひお飲みになって～」

そう言って乙葉は、飾るように棚に置かれていた一升瓶を手に取ると玻玖の隣へ座った。

「……酒か。あまり得意ではないのだがな」

「またまたご冗談を～。ささっ！　お注《つ》ぎいたしますので、どうぞどうぞ！」

気の進まないような素振りを見せる玻玖だったが、乙葉に言われて仕方なくおちょこを持つ。

「うん、なかなかうまい」

「よかった～！　さあ、もっともっと！」

「……いや、一杯で十分――」

「そんな遠慮なさらず～！」

乙葉がそう言うものだから、結局玻玖はおちょこで十杯ほど飲まされていた。

「……飲みすぎたな」

床につく前、いつものように縁側で二人で月を見ていたとき、玻玖が疲れたように和葉にもたれかかる。

「申し訳ございません、旦那様。乙葉が調子に乗りすぎてしまって……」

「なにも和葉が謝ることじゃない。たしかにうまい酒だったから、俺もついつい勧められるままに飲んでしまっただけだ」

玻玖の握ってくる手がほてっていて、いつもよりも温かい。

そして、「ちょっといいか」と声をかけた玻玖が和葉の膝に頭を乗せた。

「だっ、旦那様……！」

「……ああ、いい心地だ」

驚く和葉の膝の上で、玻玖はそのままうたた寝してしまった。

なんでもそつなくこなす玻玖。にんじんが苦手なことは知っているが、酒はそもそも体質に合わないようであった。

三々九度の盃のように口に含む程度の少量ならまだしも、それ以上はすぐに酔いがまわってしまう。

乙葉もいたため、食事の場ではなるべく普段どおりに見えるように装っていた。

しかし、和葉と二人きりになって気がゆるむと、こうして酔いに負けて力が抜けてしまうのだった。

その乙葉はというと、食事が終わってから部屋へ入ったきり出てこない。

明かりも消えているようで、どうやらすでに眠ってしまったようだ。ベッドでないと寝つけないと言っておきながら。

乙葉の邪魔のない静かな夜。

和葉は膝枕で眠る玻玖の頭をそっとなでていた。

『お前は、この短刀で東雲玻玖の心臓を貫くのだ』

頭の中に貴一の声が響き、和葉は一瞬鋭い頭痛に襲われる。

貴一の言うことをどうしても拒むことができない……。

しかし、この愛しい人を殺めることなど到底できない。

和葉は、選ぶことができない二つの選択肢に挟まれ、押し潰されそうになっていた。

「ん……」

ふと玻玖が、和葉の膝の上で寝返りを打つ。

まるで子どものようにすやすやと眠る玻玖を和葉はやさしいまなざしで見下ろしていた。

「瞳子……」

秋の虫の声しか響かない静まり返った闇の中に、ふわりと聞こえた玻玖の声――。

和葉は、『瞳子』という名前に聞き覚えがあった。

あれは、呪結式のあと――。

東雲家へ向かうため、白無垢姿から着物蔵で見つけた桜色の着物に着替えたときのこと。

『お待たせいたしました、東雲様』

歩み寄ってきた和葉を見て、玻玖がつぶやいたのだ。

『瞳子……?』――と。

あのときは、和葉はとくに気にもとめなかった。

しかし、二度も名前を聞くとなると、ただの偶然ではないのかもしれない。

「瞳子、待ってくれ……」

――また。

しかも驚いたことに、玻玖はそう口にしながら涙を流していたのだ。

狐の面から流れる一筋の涙は、和葉の膝の着物を濡らす。

「んっ……。ああ……、いつの間にか眠っていたのか」

そのとき、玻玖が目を覚ました。

そして、自分の頬が濡れていることに気がつく。

「涙……?　俺はなにか、うなされてでもしていたか?」

玻玖に尋ねられ、和葉はとっさに首を横に振る。

「い、いえ。なにも……！」

『瞳子』という名前が気にはなっていたが、玻玖本人に直接聞けるわけもなかった。

「夢の中で乙葉に酒を注がれて、断ることができずに困っていらっしゃったのではないですか？」

「ハハハッ、そうかもしれないな」

玻玖は、いつもと違う素振りもなく自然に笑う。

どうやら、『瞳子』とつぶやいた自覚はないようだった。

「そういえば、着物の懐になにか入れているのか？　寝返りしたとき、硬いものがあったのだが」

「硬い……もの……!?」

和葉はごくりとつばを呑んだ。

玻玖の顔が当たったところには、貴一から渡されたあの短刀がある。

その暗殺用の短刀の存在を玻玖に知られてしまったら——。

やさしい玻玖だってきっと軽蔑し、さすがにこの屋敷から和葉を追い出すことだろう。

一度だけではなく、二度も騙すことになるのだから。

和葉自身も、処分は追い出す程度では済まされないとは思っている。

「こんなところに、隠すものでもあったか？」

玻玖は、そっと和葉の着物に手を伸ばした。

そんなわずかな間では、和葉は適当な言い訳も思いつかない。

……もうだめだ。気づかれてしまう。

和葉はギュッと目をつむり、潔く覚悟を決める。

「なんだ、これは？」

ついに見つかってしまった。第二の暗殺計画が。

和葉は、ぶるぶると震えていた。

そして、おそるおそる目を開けると――。

「これは、手鏡……か？」

そうつぶやきながら、玻玖は朱色の漆で塗られた丸い木枠を持ち、不思議そうに眺めていた。

それは、ずっと前に乙葉とぶつかったときに落として割れた、和葉が大事にしていた手鏡の枠だった。

和葉は、幼少期の幸せな思い出の詰まったその手鏡を、鏡の部分が割れて抜け落ちたというのに、その日から変わらず着替えるたびに帯に挟んでいたのだった。

これを見るとあの両親の顔も嫌でも思い出されるが、それよりもこの十年以上毎日帯に挟んでいたため、和葉の中では習慣化していた。

入れておかないと、落ち着かないというか。

入れない理由も見つからないから。

「前に落として、割れてしまった手鏡です。いつも帯に入れていたので、わたしのお守りといいますか……。鏡としては使えないのに、どうしても手放すことができないのです」

「そうか。細かい花の絵も描かれて、きれいなものだな。手放したくない気持ちもわかる」

「はい……」

和葉はなに食わぬ顔を装って、玻玖から渡された手鏡の枠を再び帯にしまう。

「そうだ。あの娘に、うちにいると黒百合サンに文を飛ばすように伝えておいてくれるか？」

「あの娘……とは、乙葉のことですか？」

「ああ。きっと黒百合サンも心配していることだろう。しかし、前に啖呵《たんか》を切った手前、俺から文を飛ばすのは気が引けてな」

「旦那様が気に病まれることではありません……！　乙葉にはそう伝えておきます」

「ああ。そうしてくれると助かる」

玻玖は、いつだって和葉のためを思っている。さらに、乙葉の心配までも。

それなのに、自分はなんてことを考えているのだろうか——。

和葉は、短刀が仕込まれている着物の懐にそっと手を添えた。

「どうかしたか？」

「い、いえ……！」

「それでは、そろそろ寝るとするか」

「はい」

玻玖は和葉を部屋へと送り届けたあと、自分の部屋に戻っていった。


翌日。

乙葉は和葉に言われたとおり、黒百合家に嫌々ながら文を飛ばした。

乙葉がいなくなって、貴一も八重も心配していたに違いない。まさか、家出をして東雲家の屋敷にきていたとは予想外だろうが。

乙葉は、そのうち帰るという内容を書いていたため、貴一や八重が無理やり連れ戻しにくることもなかった。

そもそも、玻玖とは顔を合わせられないだろうから。

そして、乙葉がきて五日ほどがたった。

「和葉様、今日の夕食はさんまにいたしましょうか」

買い物から帰ってきた菊代が和葉に声をかける。

「旬ものさんまはこれで最後とのことなので、買ってまいりました」

「いいですね。それじゃあ、塩焼きにしましょうか。七輪はありますか？」

「七輪……でございますか？」

「はい。実家では、それでさんまを焼いていましたので」

洋食好きな乙葉でも、旬のさんまの塩焼きは大好物だった。

玻玖にも、おいしいものを食べてもらいたい。

そこで、七輪の炭火でじっくり焼こうと思っていた和葉だったが、なぜか菊代は渋っていた。

「あの……わたし、なにかおかしなことでも……」

「……い、いえ！　そういうわけではございませんが……。七輪となると、外で火を……」

狐の面で菊代の表情は読み取れないが、なぜだか困っているということはわかる。

「そうですねぇ。玻玖様が戻ってこられるのもまだ先ですし……」

菊代は顎に手を当て、独り言をつぶやく。

「わかりました！　それでは、和葉様にお任せしてもよろしいでしょうか」

「はい！　任せてください」

「それでは、すぐに七輪の準備をいたしますね」

渋っていた菊代だったが、なにを思ったのかすぐに外に七輪と炭を用意した。

うちわで扇《あお》ぎながら、和葉はゆっくりじっくりさんまを焼く。

その匂いは風に乗って、乙葉を呼び寄せてきた。

「あら、おいしそう。今日の夕食はさんまの塩焼きね」

「そうよ。……ところで乙葉、いつまでもお客様気分ではなく、少しは菊代さんたちのお手伝いをしたらどうなの」

「まあ！　お姉ちゃんったら、わたくしに使用人の仕事をしろとおっしゃるの？」

「そういうわけではなくて、乙葉も結婚するのだから……。清次郎さんにおいしい食事をつくるための練習くらい――」

「だから今は、清次郎さんの話も出さないで！」

乙葉を諭すつもりが、逆にへそを曲げてしまった。

そもそもは自分が悪いというのに、貴一と八重に叱られる原因となった清次郎に、乙葉は腹を立てていた。

「それにわたくし、まだ清次郎さんと結婚すると決めたわけではないから」

「え……？　この前、結納を交わしたというのに？」

「あれは、お父様たちが勝手に取りつけただけ。たしかにお顔はまあ悪くはないけれど、わたくしの着る着物にまで指図するなんてありえないわ！」

「そこは、二人で話し合って折り合いを――」

「妻の着物ひとつひとつに口を挟まないと気が済まないのかしら。あ〜あ、清次郎さんって女々しいお方」

　乙葉の話を聞いていると、結納は交わしたものの、婿として気に食わないことがあれば、この婚約を白紙に戻せると思っているようだ。

　結納のときに見た清次郎は、どちらかというと乙葉に気があるように見えた。

　そんなつもりで着物のことを言ったわけではないのだろうけど、相手はこれまで人の気持ちなど考えずにわがまま放題に育てられてきた乙葉。

　姉としては、清次郎が不憫に思えて仕方がなかった。

「それに比べて、東雲様は……」

　そうつぶやきながら、乙葉は和葉の顔を覗き込む。

「寡黙で、わたくしがすることにもなにも言わずに受け入れてくださって、案外いいお方なのね」

　たしかに、玻玖の態度が予想外で和葉も少し驚いてはいた。

しかし、実際のところは妹を思う和葉の顔に泥を塗らないためにそう振る舞っているだけのこと。

それが、和葉に対する玻玖のやさしさだった。

ところが、そんなこととはつゆ知らずの和葉は、玻玖が乙葉を受け入れているように思えて仕方がなかった。

「やっぱり、わたくしが東雲様と結婚していたらよかったかしら。……まあ、あの狐の面を外されないところを見たら、よほどお顔に自信をお持ちでないのだろうけど。左目に傷でもおありなのかしら?」

玻玖がいないのをいいことに、乙葉はクスッと笑う。

「乙葉、それは旦那様に失礼よ。それに、面を外された旦那様は、とてもきれいなお顔をしていらっしゃるわ」

「えっ! お姉ちゃん、東雲様のお顔を見たことがあるの!?」

「……ええ。といっても、おそらく一度だけだけど」

「〝おそらく〟って、なにそれ」

和葉を小馬鹿にするように、乙葉はプッと声を漏らして笑う。

和葉が玻玖の素顔を見たのは、結婚初夜が初めて。

とは思ってはいるが、満月の夜に夢の中で見た玻玖にそっくりの人物のことが和葉の頭の中に浮かんだ。

「それなら、わたくしも見てみたい！　東雲様にお願いしてみようかしら」

「それはやめなさい。きっとなにか理由があって、面をつけられているのだろうから」

「え〜、つまんな〜い」

乙葉は口を尖らせて、頬をぷうっと膨らませる。

「それよりも東雲様、そろそろ夕食の時間だというのに、お帰りが遅いのね」

「そうね。最近よく外出されているけど、今日はとくに……」

和葉としては、何気なくつぶやいただけのつもりだった。

しかし、それを乙葉は聞き逃さなかった。

「もしかして、他に女の人がいらっしゃったりして！」

和葉の反応を楽しむように、乙葉が意地悪く笑う。

それを聞いて、思わず和葉はうちわでさんまを扇ぐ手を止めてしまっていた。

「他に、女の人が……？」

和葉はその場で固まる。

「だってお姉ちゃんと東雲様って、同じ部屋でお休みになっていないのよね？」

「……それの、どこがおかしいっていうの？」

「結婚したわたくしのお友達はみな、結婚初夜から旦那様とは同じ部屋だと話していいた。

「ええ。すでに、子どもだっている友達も多いわ」

これまで夫婦喧嘩もしたことはなく、玻玖とはいい夫婦関係が築けていると思ってたわよ」

「そう……なの？」

そんな和葉を一気に不安が駆り立てる。

「まあ、お姉ちゃんってわたくしと違って魅力的とは言えないし」

含み笑いをしながら、乙葉は和葉を見下ろす。

「そんな地味な見た目じゃ、東雲様が違う女性に目移りしたっておかしくはないわよね。なにをお考えになっているのか、いまいちよくわからないし」

乙葉の言葉が和葉の胸をえぐる。

すると、その場で呆然とする和葉に気づいた乙葉が和葉の肩をたたく。

「ヤダ、冗談よ！　お姉ちゃんったら本気にしないでよね～」

乙葉はケラケラと笑いながら、和葉をその場に残して行ってしまった。

残された和葉は、乙葉に胸の内を引っかき回され悶々としていた。

『瞳子……』

『瞳子』という女性の名前を呼ぶ玻玖の声が、和葉の頭の中で繰り返される。

『瞳子、待ってくれ……』

数日前、縁側でうたた寝をしていたとき、たしかに玻玖はそう言ってうなされていた。

『もしかして、他に女の人がいらっしゃったりして！』

心当たりがあり、乙葉のさっきの話が和葉の胸をギュッと締めつけた。

近ごろ外出の多い玻玖は、その『瞳子』という女性に会いに行っているのではないだろうか……。

「和葉」

そのとき、和葉は名前を呼ばれてはっとする。

振り返ると、屋敷の角から玻玖が顔を出していた。

「だ……旦那様！　おかえりなさいませ」

「ああ、今戻ったところだ。それよりも、そこでなにを？」

「菊代さんがさんまを買ってきてくださったので、七輪で塩焼きをと思いまして――」

そう言って和葉が立ち上がった瞬間、さんまから落ちた脂が七輪の炭の上に落ち、一瞬網を突き抜けて小さな火柱が上がった。

「……くっ！」

だが、それを見た玻玖は顔を背けてその場にしゃがみ込んでしまった。

「だ……旦那様!?　いかがなされましたか!?」

和葉は、慌てて玻玖のもとへ駆けつける。

玻玖は何度も深呼吸を繰り返して、まるで自分自身を落ち着かせているかのようだった。

「……大丈夫だ。なんともない」

「ですが——」

「さんまの塩焼き、楽しみにしている」

それだけ言うと、玻玖は足早に屋敷の中へと入っていった。

いつもと様子の違う玻玖に、和葉はまた胸騒ぎがする。

どこか体調が悪いように見えた玻玖だったが、夕食のときには普段と変わらなかった。

「和葉。このさんま、うまいぞ」

「それはよかったです……！」

玻玖に褒められ、和葉は時間をかけて焼いた甲斐があったとうれしくなる。

——しかし。

『そんな地味な見た目じゃ、東雲様が違う女性に目移りしたっておかしくはないわよね。なにをお考えになっているのか、いまいちよくわからないし』

乙葉の言葉がなかなか頭から離れなかった。

たしかに玻玖は、狐の面のせいでもあるが、なにを考えているのかわかりづらい。

そういえば以前にも、帝に会いにいったあと似たような話をしていた。

『帝様がおっしゃっていたのは、旦那様がなにをお考えになっているのかわからないということだと思います』

『そうなのか？　和葉もそう思うか？』

『そう……ですね。旦那様はおっとりしていらっしゃるので』

『なるほど。しかし、考えていることは単純だぞ』

『……と、言いますと？』

そう聞き返した和葉だったが、玻玖はそんな和葉のことを見つめながらこう言った――。

『俺はいつも和葉のことしか考えていない』

あのときの言葉は、和葉は今でもよく覚えている。

……恥ずかしくて。

でも、とてもうれしくて。

だから、玻玖の外出が多いのも、なんだかいつもと様子が違うように感じたのも、きっとただの思い込み。

和葉はそう自分に言い聞かせる。

その夜は、ちょうど満月だった。

「美しいですね」

「そうだな」

今日も二人、縁側に座り月を見上げる。

コトンというなにかを置いた物音がしたため和葉が顔を向けると、玻玖が狐の面を外していた。

月明かりに照らされる玻玖の素顔は、月に負けないくらい美しい。

その翡翠色の瞳にも目を奪われそうになる。

「珍しい。今日は面を外されるのですね」

「ああ。今夜は一段と明るい月だから、和葉の顔をよく見たい」

そう微笑む玻玖を見て、和葉はふと思った。

結婚初夜のときに初めて面を外した玻玖を見て、満月の夜の夢に出てきた人物と似ているると感じた。

しかし、そのあとにもどこかで見たことがあるような――。

だが、どこで見たのかは思い出せない。

玻玖は右腕で和葉を抱き寄せ、やさしく頭をなでる。

心地よくて、和葉も玻玖の肩に頭を乗せて身を委ねる。

『わかったな、和葉』

和葉の胸の中には、短刀を持たせたときの貴一の重く冷たい言葉が今も深く突き刺さっている。

しかし、毎日のように玻玖にこうされることで、不思議とその言葉に駆り立てられようとする衝動が和らいでいくのだ。

だからこそ、貴一によって恐怖に支配されようとも、和葉は未だに行動に移していない。

それがなによりの証拠だ。

「そういえば乙葉と、旦那様が面を取られたときの話になって、……旦那様の素顔についてつい話してしまいました。もし、乙葉がしつこく面を取るように言ってくるようなことがありましたら……申し訳ございません」

「気にするな。おかしな身なりをしている自覚はあるからな」

玻玖は笑ってみせる。

乙葉がまた迷惑をかけたらどうしようかと思っていた和葉だが、その顔を見てほっと安心する。

ふと、玻玖が見つめていた和葉の顎をやさしく持ち上げる。

和葉は、玻玖の吸い込まれそうな翡翠色の瞳に捉えられる。

「和葉、愛している」

玻玖はそう囁き、見つめ合う和葉にキスをする。

「い……いけません！　乙葉に見られたら――」

「見られたら見られたらで、かまわない。気まずくなって、実家に帰りたがるかもしれないしな」

「旦那様ったら……」

ほんのりと頬を赤くする和葉がかわいくて、玻玖はもう一度その唇を奪う。

『もしかして、他に女の人がいらっしゃったりして！』

そのとき、突然乙葉の言葉を思い出し、和葉は慌てて顔を引き離した。

見上げると、玻玖は不思議そうに和葉に目を向けている。

「……どうした？」

「あ……、えっと、その……。さ……先程、足音が聞こえたような気がしまして……」

「あの娘か？」

「そうかもしれません……！　だ、旦那様がよくても、わたしが……恥ずかしいです」

和葉は顔を赤くしてうつむく。

その姿を見て、玻玖がクスッと笑う。

「そうだな。和葉を困らせるのはよくないな。すまない」

「い、いえ」

本当は、足音なんて聞こえなかった。

それに乙葉は、夜は食事を済ませるとほとんど部屋から出ない。

近くに乙葉がいるはずもないのに、キスを拒んだ理由として和葉はとっさに嘘をついたのだった。

「やはり夜は冷えるな。そろそろ戻ろうか」

「はい」

玻玖は狐の面をつけると、和葉に寄り添って歩いていく。

その後ろ姿を廊下の陰から覗く者が――。

「……東雲様。なんてきれいなお顔をされていらっしゃるの」

それは、胸の辺りに手を添え、愛おしそうに玻玖を見つめる乙葉だった。

「東雲様、お待ちになって～！」

屋敷の中に響く、乙葉の猫なで声。

まるで親ガモを追う子ガモのように、玻玖の後ろを乙葉がついてまわる。

「東雲様、どちらへ!?」

「着物を着替えにいくだけだ」

「では、わたくしがお手伝いします！」

「必要ない。着物くらい自分で着替えられる」

玻玖はそう言うと、ピシャリと部屋の障子を閉めてしまった。

その前で、乙葉は悔しそうに口を尖らせる。

「まあ、東雲様ったら恥ずかしがられて～」

そう部屋の中へ声をかけてみるも、玻玖からの返事はない。

「……乙葉。旦那様が困っていらっしゃるから、あまりつきまとうのは――」

「東雲様は困っているのではなく、照れていらっしゃるだけよ。それに、お姉ちゃんが東雲様に無関心だから、代わりにわたくしがお世話してあげようとしているの！」

乙葉は怒ると、そのまま行ってしまった。

「わたしはべつに、無関心というわけでは……」

そう乙葉の背中に向かってつぶやくも、当の乙葉には聞こえるはずもなかった。

乙葉は、数日前からこの調子。

そう。この前の満月の夜の日からだ。

乙葉はもともと社交的なほうではあったが、玻玖とはそれなりの距離を保っていた。

特別、興味がある人間でもなかっただろうから。

それがあの夜を境に、それまでの距離感を遥かに縮めるほど、常に玻玖のそばにいたがるようになっていた。

「旦那様、……すみません。最近、乙葉がついてまわって」

「実は、俺も少し驚いている。懐かれるようなことをした覚えはないが」

乙葉につきまとわれ、玻玖は日中どっと疲れていた。

そんな玻玖にとって、和葉といっしょに月を見るときが唯一心安らぐ時間であった。

和葉も同じことを思っていた。

この時間だけは、二人だけのもの。玻玖と静かに向き合うことのできる大切な時間。

――ところが。

「わたくしも、ごいっしょしてもいいかしら？」

そんな声が聞こえて、和葉はギョッとして振り返る。

見ると、桃色の寝間着姿の乙葉がやってきた。

「わあ～！　ここからだと、お月さまがよく見えるのね～」

そう言って、乙葉が和葉と玻玖の間に割り込んできた。

これには、さすがの玻玖も苦笑いを浮かべる。

「なんだ、起きていたのか。いつも眠るのが早いのではないのか」

「今日は東雲様とあまりお話しできていなかったので、東雲様のことを想うとなかなか寝つけなかったのです」

まるで小動物のようなかわいらしい顔をして、乙葉は玻玖の顔を覗き込む。

この場の雰囲気に耐えきれなくなったのは、——和葉のほうだった。

玻玖は、立ち上がった和葉をすぐさま見上げる。

「どこへ行くんだ、和葉」

「……温かいお茶を淹れてきます。少しここでお待ちください」

「それなら、俺もいっしょに行こう」

「ダメです！　東雲様は、わたくしとここにいてください！」

乙葉は玻玖の腕にがっちりとしがみつき、離そうとしない。

「いい加減にしろ。いくら和葉の妹だからといって、すべてを許しているわけではは——」

「……きゃっ！」

乙葉の小さな悲鳴が響く。

和葉が驚いて振り返ると、乙葉が地面の上で尻もちをついていた。

どうやら、玻玖と揉み合いになって縁側から足を滑らせて落ちてしまったようだ。

「いった〜い……。東雲様、いくらなんでも今のはひどいんじゃなくて!?」

乙葉は、すべて玻玖のせいだと言わんばかりに玻玖を睨みつける。

「それに見て、これ！　わたくし、ケガもしたのだけれど！」

地面に落ちたといってもたかがしれている。

しかし乙葉は、これ見よがしに自分の右肘を見せつけてくる。

そこには、目を凝らしてようやくわかるほどのわずかな擦り傷ができていた。

乙葉の大げさなパフォーマンスに呆れて、和葉は小さなため息をつく。

「乙葉、見せてみて。わたしが――」

「こないで！　無能のお姉ちゃんになにができるっていうの」

乙葉は駆け寄ろうとした和葉に向かって砂をかけ、小馬鹿にするようにして笑った。

「和葉、大丈夫か!?」

「……はい。目に少し砂が入っただけです」

片目を押さえながらも、和葉は玻玖に笑ってみせる。

「東雲様、これはあなたの責任よ？」

「……俺の？」

「そうよ。わたくしを突き飛ばした詫びとして、今すぐ腕の傷を治してちょうだい」

玻玖に突き飛ばされたのではなく、正確には自ら足を滑らせただけ。

乙葉の理不尽かつ横暴な態度と和葉を傷つけたことに、さすがの玻玖でも堪忍袋の緒が切れそうになった。

しかし、相手は愛する妻の実の妹。

玻玖は、和葉を差し置いて自分が先に腹を立てるのは少し違うということに気づいた。

「……わかった。だが、まずは和葉の目を――」

「わたしなら平気です」

和葉の砂の入った目に治癒系呪術をかけようとした玻玖の手をそっと和葉が握る。

「お茶を淹れにいくついでに目も洗ってまいりますので、旦那様は乙葉をお願いします」

和葉は丁寧に玻玖に頭を下げると、そそくさとその場を去った。

和葉は台所へ行き、薄暗い中三つの湯呑みに熱いお茶を注ぐ。

「はぁ……」

目を洗い、顔を上げると無意識にため息が出た。

玻玖のそばにいる乙葉が、やたらと目についてしまう。

それにとっさにあんなことを言ってしまって、あの場は玻玖に押しつけて自分だけが逃げてきてしまった。

乙葉はきっと、男兄弟がいなかったから兄として玻玖を慕っているだけだろうが、それにしては……どうもその距離感が気になる。

――それに。

『東雲様のことを想うとなかなか寝つけなかったのです』

乙葉が言っていたあの〝想う〟とは、義兄への親しみを込めてだろうか。

それとも――。

和葉の胸の中がざわつく。嫌な予感がする。

……そんなこと、あるわけないのに。

和葉はお茶の濃さなど考える余裕もなく適当に注ぐと、三つの湯呑みをお盆にのせて、二人が待つ縁側へと急いで戻った。

『そんな地味な見た目じゃ、東雲様が違う女性に目移りしたっておかしくはないわよね』

こんなときに限って、乙葉の言葉を思い出す。

早くこの胸のざわつきを鎮めたい。

『和葉、早かったな。あの娘は先に寝たぞ』

そう言って、一人で待つ玻玖の姿を頭の中に思い浮かべる。

……大丈夫。きっと大丈夫。

こんなの、ただの思い過ごしに違いない。

そう自分に言い聞かせるも、向かう足取りは自然と速くなっていた。
あの廊下の角を曲がれば、玻玖の待つ縁側。
「旦那様、お茶を——」
と声をかけようとしたとき、……和葉は目に飛び込んできた光景に息を呑んだ。
なんとそれは、乙葉が玻玖にキスをしようとしているところだったのだ。
……ガチャン!!
けたたましい音が暗い廊下に響き渡る。
驚いた和葉が、持っていたお盆を落としてしまったのだ。
その音に気づいて、はっとして顔を向ける玻玖と乙葉。
和葉を凝視する玻玖の隣で、乙葉はニヤリと笑っていた。
この瞬間、和葉の中で——なにかが壊れた。
「和葉……!!」
玻玖が呼び止めるも振り返ることなく、和葉はその場から逃げ出した。
お盆を落としたときに熱いお茶がかかり、やけどで赤く変色する足の甲。
割れた湯呑みの破片を踏んでしまい、血が滲み出る足の裏。
そんな傷だらけの足のまま、和葉は無我夢中で二人から遠ざかった。
考えたくもなかった光景が現実のものとなり、それを目の当たりにしてしまった。

二人がそのような関係になっているとは知らなかった。

玻玖に愛されていると思っていたのは、ただの勘違いだったのだろうか。

和葉の目に涙が滲む。

『泣いてはいけないよ』

――またあの声。

和葉が悲しいとき、苦しいとき、まるで励ましてくれているかのようだった。

だが今は、耳障りでしかない。

和葉は裸足のまま外へと飛び出し、庭にやってきていた。池には、半分欠けた月が映っている。

毎日のように二人で眺めた月。

しかし、玻玖の隣で月を眺めるのは――もう自分ではない。

黒百合家では必要とされず、玻玖からも見放されては、和葉はもうこれ以上生きる意味を見出せなかった。

『もし、あやつを殺すのをためらったり、だれかに計画を漏らすようなことがあれば……。そのときは、和葉。お前の命をもって償え』

『わかったな、和葉』

それでも、玻玖を殺すことなどできない。

だが、生きている限り、貴一の言葉が和葉の心を支配する。

玻玖に愛され、幸せだった。玻玖と歩む先の人生を楽しみにしていた。

少しだけの間だったが、あふれんばかりの愛をくれた玻玖には感謝しかない。

そうして、和葉は考えついた。

玻玖を殺せないのなら――。

『お前の命をもって償え』

自分が死のうと。

和葉は、懐から短刀を取り出す。鞘から引き抜くと、月明かりに反射して白く光って見える鋭い刃が現れた。

和葉は震える手で、その刃をそっと自分の首筋にあてがう。

わたしは、旦那様の幸せをいつまでも祈っております。

こんなわたしに、愛をくださりありがとうございました。

――そして、さようなら旦那様。

# 第八章　白銀の妖狐

時間は、和葉が自らの死を決める少し前にさかのぼる――。

玻玖は縁側で、軽い擦り傷を負った乙葉に気の進まぬまま治癒系呪術をかけていた。

「ほら、これで満足か」

「まあ！　跡形もなく消え去ったわ！」

「だったら、もう――」

「お待ちください！　よく見たら、膝にも傷が……！」

乙葉はまるで今初めて見つけたかのような言い方で、本当に傷があるのかも疑わしい。

そんな甘えたように近づいてくる乙葉に、玻玖は嫌気がさしていた。

「それじゃあ、そろそろ寝るんだな」

「せっかく東雲様と二人きりになれたのですから、もう少しこうしていたいです」

乙葉は玻玖の腕に抱きつき、肩に頭を乗せる。

「やめろ。それに、腕を離せ」

「イヤですっ。離したら、東雲様はお姉ちゃんのところへ行ってしまわれるでしょ？」

「そうだな。そなたには興味がないからな」

面越しに乙葉に鋭い視線を送る玻玖だったが、乙葉はまったく物怖じしない。

「それに、仮にもそなたは嫁入り前の娘であろう。夫となるべき男以外に、勘違いさせるようなおこないはやめたらどうだ」

「まあ！　そんな心配までしてくださって、東雲様はやはりやさしいお方なのね」

腕を振り払おうとする玻玖に対して、乙葉はさらにギュッと抱きつく。

「でも、勘違いではないですの」

そう言って、乙葉は上目遣いで玻玖を見上げる。

少し頬を赤らめて、目元を潤ませて。

「この前偶然にも、満月の夜に東雲様のお顔を拝見いたしました。とてもお美しい素顔でいらっしゃって、わたくし……思わず胸がときめいてしまって」

恥ずかしそうに、乙葉は胸に手を当てる。

「これが……〝一目惚れ〟というものであると、初めて知りましたの。その日から、東雲様のことが頭から離れなくなってしまって……」

そう語る乙葉の表情は義妹ではなく、完全に一人の恋する乙女になっていた。

「なにも、お姉ちゃんと別れてほしいとは言いません。でも、わたくしは東雲様のことをもっともっと知りたいのです。お姉ちゃんが知らないことまでも……すべて」

そうして、乙葉は玻玖の頬に愛おしそうに手を添える。

「だから、まずはわたくしのことを知ってください。東雲様にならら喜んで差し上げます。わたくしの……初めての口づけを」

乙葉は色っぽく目を細めると、ゆっくりと玻玖の唇へ自分の唇を寄せる。

――そのとき。

……ガチャン!!

突然の大きな物音に、乙葉はパチッと目を開け顔を向ける。

玻玖も瞬時に振り返ると、そこには廊下の陰で呆然と立ち尽くす和葉の姿があった。

「和葉……!!」

玻玖は叫んだが、和葉はその場から逃げるように走っていってしまった。

「あ〜あ、お姉ちゃんに見つかっちゃった」

悪びれる様子もなく、乙葉は残念そうにため息をつく。

そんな乙葉を玻玖は睨みつける。

「そなた、今……なにをした」

「なにって、東雲様にわたくしの初めての口づけを――」

「そうではない。……俺が動けないように、負の呪術で縛ったな?」

術を見破られ、乙葉は舌をペロッと出しておどけてみせる。

「お姉ちゃんが大きな物音さえ立てなければ、東雲様は今ごろわたくしのものだったのに〜」

「あれくらいで集中力を切らして術が解けるようでは、まだまだだな」

「まあ、強がっていらっしゃるのね。わたくしに縛られていたというのに」

乙葉は口元に手を添え、目を細めて玻玖を見つめながらクスクスと笑い声を漏らす。

「……そうだな。俺としたことが油断した。そのせいで、和葉に変な誤解を与えてしまった」

「誤解じゃないわ。わたくしと東雲様の仲を見せつけてあげたのよ」

なおも、乙葉は玻玖の寝間着の袖を引っ張って離さない。

玻玖は、そんな乙葉を力いっぱい振り払う。

「寝言は寝てから言え。俺は和葉を追う。そなたに付き合っている暇などない」

「お姉ちゃんに見られたからって、急に態度がお変わりになるのね。これまで、わたくしにやさしくしてくださっていたというのに！」

その言葉に玻玖の目尻がピクッと反応し、乙葉のほうを振り返る。

「……俺が、やさしく？　そのような覚えはないが」

「どうしてそんなことをおっしゃるの!?　わたくしの話をいつも素直にお聞きになっていらっしゃったじゃない！」

「勘違いするな。それは、そなたが和葉の〝妹〟だからだ。黒百合家でひどい扱いをされたにもかかわらず、そなたを見捨てられなかった和葉のやさしさに泥を塗らないために、口を出さずにそうしたまでのこと。和葉が『必要ない』と言えば、すぐに追い返していた」

それを聞いて、さすがの乙葉も怒りが込み上げる。

「わたくしを……『追い返す』!?　ありえないわ、そんなこと！」

「俺にとっては和葉という妻がいながら、興味のない女を屋敷に置いておくことのほうがありえない。わかったなら、俺はもう行くぞ」

「……お待ちになって!!」

和葉のあとを追おうとする玻玖に向かって、乙葉は後ろから捕まえるような構えで両手を伸ばす。

すると、不思議なことに玻玖の体がピタリと止まった。

まるで、目に見えない糸に縛られたかのように動かない。

「お姉ちゃんのところへは行かせないわ！　東雲様は、わたくしの術で――」

「同じ術に二度もかかるか」

乙葉の頭の中で、プツンとなにかが切れたような音がしたかと思ったら、玻玖は何事もなかったかのように手足を動かす。

「……まさか！　わたくしの術を自力で解いたというの……!?」

「神導位という地位も舐められたものだな。これくらいの術で俺を思いどおりにできると思っている自信過剰なところが、黒百合サンにそっくりだ」

そうして、玻玖は乙葉に向かってそっと片手を伸ばす。そのかたちは、先程乙葉が玻玖に向けたものと同じ構えだった。

その瞬間、乙葉の体が硬直する。

「なっ……、なんですの……これは!?」

「お返しだ。心配しなくとも手加減はしている。しばらくはそこにいるんだな」

それだけ言うと、玻玖は身動きが取れない乙葉を残し、その場を去った。


玻玖は和葉を探し、そして見つけた。

――自らの首筋に短刀の刃をあてがう和葉の姿を。

「……和葉」

闇夜に響く玻玖の声に、驚いて振り返る和葉。

その顔は、涙に濡れていた。

「こないでください……旦那様」

「そうはいかない。その刃物を離すんだ」

「もう……放っておいてください。……わたしは、一度だけではなく二度も旦那様を騙しました。こんなわたしなんて……死んだほうがましです！」

和葉の短刀を持つ手が震え、その刃が和葉自身を傷つける。

和葉の白い首筋から滴る、一筋の赤い線。

「死んだほうがましだと……？　それは俺が許さない」

玻玖は拳を握り、ゆっくりと和葉に歩み寄る。

「和葉。お前が死ぬと言うのなら、俺もいっしょに死のう」

その言葉に、和葉は目を見開く。

「なっ、なにをおっしゃるのですか……！」

と和葉が声を発した瞬間、和葉の視界から突如として玻玖が消えた。

驚いた和葉だったが、そのすぐあと、背中にピタリとくっつくように背後に気配を感じた。

「当たり前だろ。和葉がいない世界なんて、生きている意味がないからな」

後ろから玻玖が包み込むようにして左腕で和葉を抱きしめ、右手で短刀を握る和葉の手首をやさしくつかんだ。

それは、あまりにも一瞬の出来事で。

玻玖の温かさに包まれた和葉の手から、短刀が滑り落ちる。

「和葉がこの世に生まれるずっとずっと昔から、俺はお前のことを愛していた」

玻玖は愛おしそうに、和葉を後ろから抱きしめる。

「わたしが生まれる……ずっとずっと昔から？　わたしのことを……？」

「ああ、そうだ。せっかくこの世でまた巡り合えたというのに、死ぬなんて言うな」

玻玖の声は震えていた。和葉を失うという恐怖に駆られて。

そうして、玻玖は何度も何度も和葉の頬や首元にキスをする。

まるで、自分の存在を和葉の体に刻むかのように。

玻玖の唇が和葉の真新しい首筋の傷に触れると、跡形もなく癒えて消えていった。

――傷とともに、和葉の心も浄化される。

和葉は、不思議でどこか温かみのある感覚に包まれた。

刃がむき出しの短刀を拾い上げた玻玖は、落ちていた鞘に収める。

「先程、俺を〝二度も〟騙したと言っていたな。もしや、この短刀も黒百合サンが？」

玻玖の問いに、和葉は涙ながらにうなずく。

それを見た玻玖は、深いため息をついた。

「……どうして俺は、あのときに気づいてやれなかったんだ」

そうして、玻玖はギリッと血が滲むくらい唇を噛む。

「本当は、ずっとつらい思いを抱えていたんだな。……わかってやれず、すまなかった」

今にも泣き出しそうな玻玖の顔を見て、和葉は驚いた。

「なぜ旦那様が謝るのですか……。悪いのはすべて、旦那様を騙していたわたしだというのに」

「和葉はなにも悪くない」

「ですが……！」

「なぜなら、お前は負の呪術によって操られているだけだからだ」

「……え……」

驚きのあまり、和葉はそれ以上言葉が出てこなかった。そんな心当たりは一切なかったから。

呪結式のときの唇への呪術は、早々に玻玖が解いた。

この前再びかけられそうになったときは、玻玖が部屋に乱入し免れた。

それなのに、いつ、どこで、新たな負の呪術をかけられたというのだろうか。

――そのとき、二人の背後に足音が聞こえる。

そこにいたのは、息を切らせた乙葉だった。

「……ハァ……ハァ。東雲様、こんなところにいらしたのね」

歩み寄る乙葉に、まるで威嚇するように玻玖は鋭い視線を向ける。

「どうやら、俺の術を自力で解いたようだな」

「お褒めいただきうれしいわ。お姉ちゃんよりも呪術の才に恵まれたわたくしのほうが魅力的だとわかっていただけたかしら？」

「……まったく、本当に自信過剰な娘だ」

和葉の隣で、玻玖が呆れたようにつぶやく。

「そういえばさっき、俺のことをもっと知りたいと話していたな？　和葉の知らないことまでもと」

「ええ！　わたくしは、東雲様のすべてを知りたいと思っていますの」

「そうか。それでは、特別に見せてやろう」

玻玖のその言葉に、乙葉は期待を膨らませ目を輝かせる。

唖然として立ち尽くす和葉だったが、そんな和葉に玻玖は囁く。

「和葉、すまない。俺もお前をずっと騙していた」

「……え……？」

玻玖の突然の告白に、和葉は驚いて小さく声を漏らす。

すると玻玖は、普段から外すことのない狐の面をゆっくりと剥ぎ取った。

間近で見る玻玖の美しい横顔。その素顔に、もちろん乙葉も見とれて立ち尽くしていた。

しかし、和葉はここでなにかが変だと気づく。

なぜなら、玻玖の銀髪が徐々に伸びていき——。

いきなり髪が立ち上がったと思ったら、玻玖の頭に現れたのはまるで獣のような尖った大きな耳。

柔らかいなにかが和葉の肌に触れ、驚いて振り返るとそれは白銀の毛をまとった太くて立派な尾。

和葉は、すぐにはなにが起こったのか理解できなかった。

「どうだ？　驚いたか？」

そう言って、玻玖が和葉に微笑みかける。

その笑みはいつもと変わらない玻玖だというのに——。

特徴的な大きな耳とふさふさの尾がつくと、それはもはや和葉がよく知る玻玖ではない。

……そう。

その姿はまるで、『狐』のようだった。

乙葉はというと、あまりの驚きように声も出ない。

「これが本来の俺の姿だ。あの娘のような反応をされるのではないかと思い、『妖狐《ようこ》』であることを隠してずっと和葉を騙してきた」

「旦那様が……妖狐？」

ぽかんとして見つめる和葉を残し、玻玖はその場で立ち上がる。

そして、翡翠色の瞳で乙葉を捉える。

「これこそが、和葉も知らない、そなたが望んでいた俺の『すべて』だ」

「ま……待って。どういうこと？」

白銀の毛並みの尾を揺らしながら、玻玖は乙葉にゆっくりと歩み寄る。

そんな玻玖と距離を取るように、乙葉はとっさに後ずさりをする。

しかし、はっとして足を踏みとどめる。

「よ……妖狐だなんて、素敵だわ！　ますます魅力的――」

「嘘をつけ。顔はそうとは言っていないぞ」

玻玖に本音を突かれ、乙葉は思わず唇を噛んで言いよどむ。

「まあ……俺の正体がどうであれ、そなたを選ぶという選択肢ははなから存在しない」

「どうして言い切れるの!?　そんなの、実際にそうなってみないとわからな――」

「だったら、そなたの自慢の眼とやらで後の世を視てみるがいい。俺とそなたが結ばれる未来があるかどうかを」

と言いかけて、「……あ」と声を漏らす玻玖。

「すまない。そなたの眼は、視えてもせいぜい数時間先が限界だったな。そんなわずか先の未来を視たところで、結ばれるもなにもわからないな」

目を細め微笑む玻玖の表情は、嫌味たっぷりだというのにどこか美しい。

その顔に免じたとしても、馬鹿にされた乙葉は黙ってはいられない。

「東雲様……！　わたくしを侮辱するのもいい加減にしてくださるかしら!?」

「その言葉、そっくりそのまま返すとしよう。いくら実の妹とはいえ、和葉を傷つけるそなたをこのまま屋敷に置いておくわけにはいかない」

「言われなくても、明日の朝になれば荷物をまとめてすぐにでも帰るわ！」

「いや。今すぐここから帰っていただこう」

そう言って、玻玖が大きく手を振り上げると、突然空中に謎の大穴が現れた。

大穴の中は内側に入り込むように渦巻き、まるですべてを呑み込んでしまうかのようにぽっかりと口を開けている。

「な……、なんですの、これは……!?」

突如出現した異空間へと続く不気味な大穴に、乙葉は恐れおののく。

「心配するな。行き先はそなたの実家だ。荷物もあとで飛ばしてやる」

「……やっ、やめ――」

「あと、黒百合サンに伝えてほしい。俺を葬りたければ、今度は自らがお出でになるようにとな」

玻玖は、和葉の短刀を乙葉に向かって放り投げる。

そして、大穴は短刀と逃げようと抵抗する乙葉を一気に吸い込むと、一瞬にしてその口を閉じたのだった。

空間に消える大穴の口。

気づいたら、すぐそこにいたはずの乙葉がいなくなっていた。

和葉は、今目の前で起こったことに頭がついていけない。

「だ、旦那様、乙葉は……」

「今ごろは黒百合家だ。さっき見せたのは、望む場所へと一瞬にして移動できる便利な呪術だ。これであの娘を飛ばした」

玻玖の圧倒的な呪術の力を目の当たりにし、和葉は腰が抜けていた。

「しかし、その代償に体に負荷がかかるため、できればあまり使いたくはない。だが、和葉のこととなると話は別。どこにいようと、俺はこの呪術ですぐにでも飛んでいく」

その話を聞いて、和葉は思い出した。

乙葉の結納で黒百合家に呼び出され、急遽実家に泊まることとなったあの夜——。

『……東雲玻玖!?　なぜここに!?』

『なぜと言われましても、妻の帰りが遅いので迎えにきました』

『……迎えにきただと!?　貴様、今は都にいるはずでは……！』

都に宿泊していたはずの玻玖が、なぜか遠く離れた黒百合家の屋敷に現れた。

だから、貴一もひどく驚いていた。

本来であれば半日はかかる距離ではあったが、玻玖は和葉の危険を察知しこの呪術を使って都から移動したのだった。

「わたしなんかのために……そのようなお力を。それでは、お体は……!? どこか苦しかったり、痛みなどはございませんか……!?」

代償として体に負荷がかかると聞いて、和葉が玻玖の体をいたわるように触れていく。

そんな和葉の姿に、玻玖は頬をゆるめる。

「心配するな。続けて使わなければ、たいしたことはない」

「本当に……大丈夫なのでございますか!?」

「ああ。俺の体は、そんなにひ弱なつくりにはなっていないからな」

そう言って、玻玖は和葉の頭をやさしくなでる。

どうやらやせ我慢などではないとがわかり、和葉は安堵の表情を浮かべる。

「そんなことよりも、……和葉は恐ろしくはないのか?」

「え……?」

「俺のこの姿を見ても」

玻玖はまるで蔑むように、自分の体に視線を送る。

自信のないような表情の玻玖は初めて見る。

和葉はゆっくりと腕を伸ばすと、その腕を玻玖の首に絡めて抱きしめる。

「驚きましたが、恐ろしくなどございません。とてもお美しくて神々しいです」

「……和葉」

「それに、どんなお姿をしていたって、旦那様は旦那様です」

和葉の言葉を聞き、玻玖から笑みがこぼれる。

「ありがとう、和葉。これからもずっと大切にする」

玻玖も和葉の背中に腕をまわして抱きしめる。

「お礼を言うのは、わたしのほうです。わたし……、生きていてよかったです」

和葉は微笑み、細めた瞳からはうれし涙があふれ出す。

二人は、隠していたお互いの姿を受け入れるかのように、強く強く抱きしめ合ったのだった。


その後、縁側には手を握り隣同士で座る和葉と玻玖の姿があった。

玻玖は再び狐の面をつけ、和葉と夜更けの月を見上げる。

「この面には、妖狐の力を抑える呪術が込められている。だから、特別なとき以外は外さないようにしている」

これまで玻玖は、恥ずかしいからなどと言って面を外したがらなかったが、本当はそういう理由があった。

そもそも、妖狐とは狐の〝あやかし〟のこと。

ここ倭煌國では、各地で様々なあやかしの存在が確認されており、妖術を使い人の姿になりきり、人間生活の中へ溶け込んでいるとされている。

圧倒的な人間の数の中では、あやかしの存在は非常に珍しいが、知らず知らずのうちに擬人化したあやかしと接触していたとしても、なんら不思議なことではない。

しかし、あやかしというだけで色眼鏡で見られることは多く、大半のあやかしは本来の姿を打ち明けずに人間として暮らしている。

だから和葉も、あやかしと名乗られたのは玻玖が初めてだった。

妖狐は、あやかしの中でも神に近いとされる上級のあやかしで、その内に秘めたる妖術は膨大である。

玻玖にとってはあふれ出す妖術の力を抑えなければ、人間界ではまともに暮らすことが難しいため、狐の面をつけていたのだった。

妖術とは――あやかしだけが使うことのできる力。

妖術はのちに呪術を生み出し、人間でも扱える力となった。

つまり、呪術のルーツは妖術。

呪術が妖術に勝ることはない。

いくら貴一が毒効果のある呪術で玻玖を殺そうとしても、玻玖の妖術の力が強すぎるあまり、毒耐性がなくとも効かなかったというだけのこと。

乙葉を一瞬にして黒百合家に飛ばしたあの呪術も、人間が使えばあまりにも負荷が強すぎて、しばらくの間は寝込んでしまうような代償となる。

しかし、妖狐の玻玖にとっては少し体が気だるいくらいで済んでしまうのだ。

つまり、人間では体がもたないような、あやかしにしか使えない呪術も中には存在する。

「膨大な妖術などは欲していなかったが、俺が和葉と出会うことができたのは、あやかしであったからこそ」

「そういえば先程……、わたしがこの世に生まれるずっとずっと昔からとおっしゃっていましたが、あれはどういう……」

「その話をするには、まずはお前にかけられている負の呪術を解いてからにしよう」

玻玖に頭をなでられ、和葉は思い出した。

心当たりがない分、まったく見当がつかない。

「和葉は気づいていないようだが、おそらく長い時間をかけて少しずつ術をかけられていたと思われる」

「……そんな。それも……お父様が？」

「ああ、高度な負の呪術だからな」

「その呪術とは……一体」

和葉はごくりとつばを呑む。

玻玖は、そんな和葉の震える手をそっと握った。

「それは、言葉で相手の精神を乗っ取り、支配する術だ」

和葉が知らず知らずのうちにかけられていたのは、相手を精神的に縛るという恐ろしい負の呪術。決められた言葉が術の発動の条件となる。

玻玖は、その呪術により貴一が和葉を意のままに操っていたと話す。

「黒百合サンが和葉に言いつけをするときに、毎回共通して言っていた言葉はないか？」

「共通して言っていた言葉……」

和葉は顎に手を当てて考え込む。

言いつけと言われても、いつも同じ内容とは限らない。

それに、そんな呪術をかけられているという自覚もなかったから、尚更――。

「……あっ」

そのとき、和葉がぽつりと声を漏らす。

「なにか気づいたか？」

「これが、その言葉かどうかはわかりませんが……」

和葉は、深く息を吸い、震える声でつぶやいた。

「……『わかったな、和葉』」

その瞬間、和葉は激しい頭痛に襲われた。

まるで、頭を矢に貫かれたような今までに感じたことのない鋭い痛み。

「うっ……！」

和葉は崩れるように頭を抱えて塞ぎ込む。

それをすぐさま玻玖が抱き寄せた。

「……大丈夫だ、和葉。その痛み、すぐに取り除いてやる」

玻玖は和葉の頭をなでるように、青白い光をまとった手のひらを近づける。

すると、頭が割れるほどの痛みが徐々に和らいでいく。

和葉に言葉による呪術がかけられていると悟った日から、玻玖は和葉とともに月を見るときはいつも頭をなでていた。

そのおこないは、和葉に精神支配を和らげる術をかけていたのだった。

しかし、長年和葉の精神を蝕んできた貴一の術は、そう簡単に解けるものではなかった。

早急な解決方法は、発動条件の言葉を見つけることだった。

「どうやら、今の言葉が呪術の発動条件で間違いなさそうだな」

「そう……みたいですね。お父様は、ずっと前から……わたしのことを縛っていたのですね……」

——『わかったな、和葉』。

こう言われれば、嫌でも体が貴一の言うとおりに勝手に動いた。

まさかそれが、長年にわたってかけられ続けていた呪いの言葉だったとは知らずに。

「わたしは……言いつけを守っていたのではなく、『守らされていた』のですね……」

この歳になって初めて知らされた事実に、和葉は落胆した。

しかし、不思議と涙は出てこなかった。

もう、家族から裏切られることなど慣れてしまったのだろうか。

——いや、そうではない。

どんなにつらい、悲しい出来事に見舞われようと、今の和葉にはそれをともに乗り越えてくれる存在がいるから。

和葉はもう一人ではないから。

「今ので、和葉の中に秘められていたすべての負の呪術を解くことができた。だから、もう恐れることはない」

「ありがとうございます、旦那様」

頭を下げて、和葉は玻玖に感謝する。

しかし、玻玖の口元を見ると、どうにもよくはなさそうな表情だった。

「旦那様、……どうかしましたか？」

「……いや。それと同時に、もうひとつの言葉による呪術も解かれることとなった」

「もうひとつの……呪術？　お父様は、二つもわたしに同じ呪術をかけておられたのですか……？」

和葉の問いになぜか玻玖は表情をくもらせる。

「違う。黒百合サンではない」

「それでは……」

玻玖は、貴一から知らずにかけられていた呪術は『高度な負の呪術』と言っていた。

そんな呪術がかけられる人間は限られているはず。

一体、だれが――。

「俺だ」

ふと、和葉の隣から聞こえた……そんな声。

見ると、そこにいるのは――もちろん玻玖。

和葉は呆然とする。

なぜなら、先程解いた呪術は相手の精神を乗っ取り支配する負の呪術。

そんな恐ろしい術を、なぜ……玻玖が。

「隠していた俺の本来の姿を見せたが、……どうやら俺も和葉を二度騙していたことになるな」

玻玖の口元が切なげに微笑む。

「……どういうことですか、旦那様」

「そうだな。ここで少し……、昔話を聞いてくれるか？」

「昔話……？」

「ああ。先程和葉が知りたがっていた、ずっと昔からお前のことを愛していた……という話もいっしょにしようか」

静かに語る玻玖を見つめる和葉。

聞こえるのは、草木を揺らす夜風の音だけだった。

# 第九章　烈火の記憶

これは、今から約三百年も昔の話——。

徳永《とくなが》という武将が天下を取り、この倭煌國を治めていた時代にまでさかのぼる。

その徳永家が名だたる他の武将たちを圧倒し天下統一を果たすことができたのは、実は陰である人物の働きがあったからだと噂されていた。

その人物とは、どの軍師よりも的確に戦を読み、必ず勝利をもたらす——。

まるで、神のような力を持っていたと言われている。

その者の名前は、『東雲玻玖』。

蜘蛛の糸のような銀色の長髪に、両耳には大ぶりの耳飾り。

そして、見る者を引きつける翡翠色の瞳を持つ。

どこか怪しげで。しかし、なぜか目を奪われるようなその男は、自らを『呪術師』と名乗っていた。

当時の時代の戦において、呪術師は欠かすことのできない存在であった。

敵兵力を潰す、攻撃呪術に特化した呪術。

傷ついた味方兵を一瞬にして癒やしてしまう呪術。

呪術師と語っても、だれもが将軍の手元に置かれるわけではなく、とくにこのどちらかの呪術を修得している呪術師が重宝された。

ところが、徳永家に気に入られていた玻玖という名の呪術師は、そのどちらの呪術も兼ね備えており、どの呪術師よりも豊富な知識と桁違《けたちが》いの能力を秘めていた。

いくら数で勝ろうとも、奇襲をかけようとも、決して徳永の強さは揺るがなかった。

なぜなら、玻玖の未来を視る力で、徳永には相手の戦法が手に取るようにわかっていたからだ。

おそらくこの時代において、未来が視える呪術師は玻玖だけ。

その玻玖ほしさに戦を仕掛ける武将もいたが、ことごとく返り討ちにあわされた。

こうして徳永家が天下を取り、新たな時代が幕を開けたのだ。

強い呪術の力を持って生まれたあやかしの狐――妖狐の玻玖。

妖狐の寿命は人よりも遥かに長く、玻玖は人と人が争って殺し合う時代を目の当たりにしてきた。

玻玖にとっては、つまらない日々の繰り返しだった。

呪術の力を持て余し、気まぐれに力を貸したのが徳永家だった。

徳永家は、これまでの玻玖の功績を認め、最高の呪術師という意味合いを込めて、『神導位』という地位を新たにつくり、玻玖を任命した。

不思議な呪術の力は忌み嫌われ、差別の対象となることもあり、呪術師と名乗らず庶民に紛れて静かに暮らす呪術師も少なくはなかった。

しかし、『東雲玻玖』という呪術師が将軍様をそばでお守りし、助言を授ける神導位になったという知らせは、国中の呪術師たちを沸き立たせた。

もしかしたら、自分も将軍様のお眼鏡にかなうかもしれない。

そんな思いを抱えた呪術師たちが、各地から都に集結した。

これが、のちに呪抜の儀が誕生するきっかけとなる。

玻玖は、次々とやってくる呪術師相手に試されることに。要は、将軍の退屈しのぎとなる余興のようなもの。

毎日に楽しみを見出せていなかった玻玖も暇潰しとして手合わせしてみるが、どれも足元にも及ばない呪術師ばかりだった。


そんなある日。

玻玖が初めて、手合わせしてみて〝おもしろい〟と思えるような呪術師が現れる。

名は、『黒百合瞳子』。

代々、呪術の力を使った商いで財をなしてきた呪術家系、黒百合家の現当主・冬貴《ふゆき》の娘であった。

まだ十五歳になったばかりの少女でありながら、これまでの呪術師とは違い、玻玖の繰り出す呪術をすべて真似ることができた。

しかし、あと一歩及ばずで、玻玖に勝ることはできなかった。

瞳子の後ろには残念がる父、冬貴の姿があったが、これまでの呪術師たちとは違い、将軍の目に留まったのは明らかだった。

「なぜ、手加減をした？」

手合わせ後、城の庭を散策していた瞳子に玻玖が声をかける。

桜色の着物によく映える腰まである美しい黒髪をなびかせながら、瞳子が振り返る。

「なにも、手加減などしておりません。わたしの力が及ばなかっただけです」

「そんなはずはない。そなたはまだ、……隠しているだろう」

玻玖の言葉に、瞳子が一瞬目を見開く。

そして、すぐに目を細めてフッと微笑んだ。

「……やはり、お気づきになられていましたか」

「当然だろう。内に秘めたる力が漏れ出ているからな」

「そうですか。この力は封じ込まれているはずなのに、わかる方にはわかるのですね」

「そのへんの呪術師には感じ取れなくとも、俺を騙すことなどできぬ」

「さすが、神導位という地位を与えられたお方。まさか、人間でいらっしゃらないとは予想外でしたが」

その言葉に、玻玖の目尻がわずかにピクリと動く。

「あれ……、違いましたか？　お狐様でいらっしゃいますよね？」

玻玖は驚いた。

『妖狐』ということを隠して人間の姿でこれまで過ごしてきたというのに、初めて出会った――しかもこんな娘に言い当てられるとは思っていなかったから。

「どうしてわかった？」

「東雲様がわたしに感じたものと同じです。東雲様からも、膨大な呪術の力が漏れ出ているのがわかります」

瞳子は玻玖の姿をやさしいまなざしで見つめる。

「おもしろい娘だ」

玻玖も自然と口角が上がっていた。

そして瞳子は、自らに秘められた力を見破った玻玖にその秘密を打ち明ける――。


黒百合家の一人娘として生まれた瞳子は幼いころより呪術の才能があり、将来を期待される呪術師であった。

そんな瞳子には秘密があった。

それは、自然の力をその身に宿す最強の呪術を扱うことができるということ。そしてそういった呪術師は、伝説として語り継がれるほどにごくまれな存在であった。

天候を操るその呪術は、正の呪術にも負の呪術にも属さない特別な呪術。人々に恵みをもたらすが、使い方によっては世界をも滅ぼす力があるとされ、最強であるがゆえに恐れられてきた。

そのため、その呪術を宿しているとわかり次第滅すべしという思想が広がっており、天候を操る呪術を持つ呪術師は密かに暗殺対象とされていた。

その瞳子の特別な力にいち早く気づいたのが、瞳子の母親であった。

瞳子の母親は力の封印を得意とする呪術師であったため、まだ○歳の瞳子に最強の呪術を封じ込める封印をかけた。

このことは、瞳子と母親だけの秘密。

なるべく人に知られないようにと、父親である冬貴にも伝えられていない。

よって瞳子は、母親以外にその力に気づかれることなくこれまで平凡な人生を歩むことができた。

しかし、玻玖のようにあやかしともなれば、封印されていようとその力に勘づくことができる。

「どうして、今日会ったばかりの俺なんかにそのような話をした？」

「さぁ……、どうしてでしょう。でも、東雲様もあやかしであることを隠していらっしゃる。……似た者同士だからでしょうか」

「封印されているとはいえ、場合によってはその最強の呪術を持つお前を今この場で殺していたかもしれないのだぞ」

「そうですね。でも、東雲様は人を殺めるようなお方には見えなかったので」

そう言って、瞳子は笑った。

その笑顔に、なぜか玻玖は無性に心を惹きつけられた。だれかに興味を持ったのは、このときが初めてだったから。

初対面であやかしだと言い当てられ、しかもお互い本当の力を隠して生きていた。

似たような境遇に、玻玖は自然と瞳子に自分を重ねていた。

その後瞳子の呪術が認められ、黒百合家は特別に『準神導位《じゅんしんどうい》』という名の地位を与えられることになった。

徳永家としては、玻玖の次に優秀な瞳子の存在を他へ渡したくなかったというのが本音だ。

それを機に、新たな力ある呪術師を見つけるため、呪術師たちが持ち前の呪術を披露する呪披の儀がおこなわれるようになった。

このころの呪披の儀は、年に一度行われていた。

しかし、玻玖や瞳子に勝る者が現れることはなかった。

神導位である玻玖と準神導位である瞳子は顔を合わせることが多く、似た者同士なこともあり、二人の距離が縮まるのにそう時間はかからなかった。

二人は密かに愛を育み、瞳子が十七歳になる日、玻玖は瞳子に結婚の申し出をした。

瞳子の母は、娘の幸せをたいそう喜んだ。もし自分になにかあっても、瞳子を一生守ってくれる相手ができたと言って。

父の冬貴も二人の婚約を祝福した。

——しかし、腹の底では別のことを考えていた。

それは、神導位の座。

今の黒百合家は、瞳子のおかげで準神導位についているようなもの。

その瞳子が東雲家へ嫁げば、東雲家はさらに呪術家系として成り上がり、神導位として居座り続けることだろう。

一方、瞳子がいなくなった黒百合家は、下手をしたら次の呪披の儀で準神導位の座をも譲ることになりかねない。

瞳子が嫁に行くことは困る。

しかし、万が一玻玖が婿として黒百合家へきたとしても、力ある玻玖に代々続く黒百合の名が呑み込まれ途絶えてしまうのではなかろうか。

冬貴は当主として、黒百合家の地位存続の不安と焦りに駆られていた。

そんなこととはつゆ知らず、次の呪披の儀が終わったあとに祝言を挙げる予定をしている玻玖と瞳子は、その日を楽しみに過ごしていた。

――そんなある日、事件は起こった。

なんと、瞳子の母が死んだのだ。

背後から突然、人斬りに襲われてそのまま。

瞳子の祝言をなによりも心待ちにしていた母を失い、毎日悲しみにくれる瞳子。

そんな瞳子の唯一の支えが玻玖であった。

なにを言うわけでもなく、玻玖はただただ瞳子のそばに寄り添い続けた。

そうして、瞳子はゆっくりとではあるが徐々に気力を取り戻しつつあった。

瞳子の白無垢姿を楽しみにしていた母のためにも、中止にしていた祝言を折を見て改めて挙げようと瞳子は玻玖と約束をした。

今の瞳子にとっては、それが生きる希望となっていた。

瞳子はようやく前を向き始める。

悲しみのどん底から手を差し伸べてくれた玻玖との明るい未来を夢見て――。

しかし、現実はあまりにも残酷で、事件はそれだけでは終わらなかった。

瞳子の母が亡くなって、三月《みつき》ほどがたったころ。

それは、いつにも増して凍えるような寒い夜だった。

瞳子は、夜更けにふと目を覚ました。

母を亡くして以来、眠りが浅いということもあるが、なにやら外から声が聞こえたのだ。

「……なぜきた!?　屋敷にはこない約束だっただろう！」

耳を澄ませると、それは父である冬貴の声だった。

どうやら、屋敷の向こう側から聞こえてくる。

瞳子は羽織りを肩にかけ部屋を出ると、草履をはいてゆっくりと声がするほうへと歩いていった。

そして、屋敷の陰からそっと顔を覗かせる。

「お父様――」

と小さくつぶやいて、すぐに口をつぐんだ。

ちょうど雲から顔を出した満月に照らされたのは、屋敷の庭で固まる三つの人影。

一人は冬貴。

あとの二人は、瞳子も見たことのない中年の女と瞳子と同じくらいの歳の青年だった。

こんな夜更けに。

しかも、人目を忍ぶようにしてあんなところで……一体なにをしているのだろうか。

そのとき、様子をうかがっていた瞳子の耳に、信じられないような会話が聞こえてくる。

「冬貴さん、いつまで待たせるおつもり!? 約束は守ってちょうだい！」

「わ……わかっている！ しかし、妻が死んですぐ、新しい妻を迎えたとなったら……体裁が悪いだろう」

「体裁もなにも、冬貴さんがおっしゃったのよ？『妻がいなくなれば、すぐにでもお前と結婚するのに』と。だからわたくしは、人斬りを雇ってあの女を――」

瞳子は息を呑んだ。

自身の腕前や刀の斬れ味を確かめるために無差別に人を襲う、人斬り。

人斬りと出会ってしまったら、運が悪かったとしか言いようがない。

瞳子は、悔しくもどうしようもない母の死を、この数ヶ月間そう自分に言い聞かせ続けてきた。

――だが、違った。

瞳子の母は無差別に狙われたのではなく、今冬貴の目の前にいる女が雇った人斬りによって殺されたのだ。

「でもまさか、お前がそこまでのことをするとは……」

「そんなの、わたくしと冬貴さんのために決まってるじゃない。それと、〝この子〟

のためでもあるのだから」

そういって、女は隣にいた青年の背中をたたく。

「貴臣《たかおみ》だって、もうすぐ十六。あなたに似て呪術の才能もあって、十分黒百合家を背負って立つ器の男になったと思うのだけれど？」

「……そうか、もう十六か」

「あの娘は嫁ぐのでしょ？　それなら、黒百合家の次期当主は貴臣で決まりね。将来こうなることを見越して、代々黒百合家の長男につけられる『貴』の文字を入れて、『貴臣』という名前にしたのだから」

瞳子は、ただただその場に立ち尽くすことしかできなかった。あまりにも、聞こえてくる話が衝撃的な内容の連続で。

母の死は、偶然ではなく仕組まれたもの。

父の冬貴には外に女がいて、それが母を殺したあの女。

しかも、瞳子と同じくらいの貴臣という名の子どもまでいた。

新たな冬貴の妻になりたいがために。さらには、息子の貴臣を黒百合家の次期当主にしたいがために。

そんなことのために、瞳子の母は殺された。

「……許さない」

満月は再び雲に隠れ、静まり返った闇夜に聞こえる——低い声。

「だれ……!?」

驚いて辺りを見回す女。

冬貴も同じく驚きながらも身構えたが、そこにいたのが瞳子とわかり構えていた腕を下ろす。

「……瞳子!? いつからそこに……」

「お父様は、ずっとお母様とわたしを騙していたのね」

「な、なにを言って——」

「とぼけないでっ!!」

その瞬間、空がまるで昼間かと思うほど一瞬明るくなったかと思ったら、冬貴の足元に天から走った稲妻の矢が刺さった。

地鳴りが起こったかのような揺れに、稲妻によって地面に空いた穴からは煙が上がっている。

その破壊力に、冬貴はごくりとつばを呑む。

「瞳子……。お前、その呪術は一体——」

「……うるさい！ うるさい！」

泣きじゃくる瞳子が叫ぶと、それに共鳴するように空も唸《うな》る。

見上げると、先程までの満月はどこへやら。真っ黒な分厚い雷雲が空を覆い、激しい雨も降り出してきた。

「……雨!?　なんなの……急にっ！」

女は顔にかかる雨を拭い払うが、風の勢いも強まり、雨粒が弾丸のように降り注ぐ。

落雷は、瞳子たちがいる場所にしか落ちてこない。

「まさか、これは……」

これらの現象を目の当たりにした冬貴が眉をひそめる。

「にわかには信じがたいが……。瞳子……お前、あの呪術を……」

瞳子の力を封印していた術者の瞳子の母が亡くなったことにより、その封印は解かれた。

そこへ、母の死の真相を知ってしまった瞳子の感情の高ぶりにより、初めて瞳子の力が発動したのだった。

「一体、なんの呪術なの!?　貴臣は知ってるの……!?」

「僕も本で読んだことがあるくらいでしかないですが、おそらくこれは、天候を操る最強の呪術です。……まさかそれを宿した呪術師が本当に実在したとは」

「最強の呪術って……。それじゃあ、どうしろっていうの!?」

「簡単なことです。この力はその強さゆえに恐れられ、災害をも呼び起こす危険もあることから──」

そこまで言って、貴臣はチラリと冬貴に目をやる。

冬貴は気まずそうに視線を逸らす。

「なに……？　どういうこと？」

二人のやり取りを見ていた女が詰め寄ってくる。

その母親である女に、貴臣が語りかける。

「暗黙の決まりとして、この力を持つ術者には殺しの許可が出ているのです」

「……つまり、殺して止めろってこと？」

「そういうことです、母さん」

それを聞いた女は、にんまりと笑う。

「それなら、貴臣！　早くあの娘を──」

と言う女の前に、冬貴が立ち塞がる。

「ま、待て！　瞳子は……おれの娘だぞ!?　殺せるわけが──」

「この期に及んで、まだそんな腰抜け発言をするおつもり!?　あんな恐ろしい力を持った子どもを今まで見過ごしてきた、あなたの責任でもあるのよ！」

「……しかしっ」

「それに、あの娘に今までの話を聞かれたのよ!?　このまま生かしておく理由がどこにあるっていうの！」

瞳子は、そんな会話など耳に入ってこないほど我を忘れて荒ぶる。

落雷のせいで、黒百合家の屋敷に火がつく。雨が降りしきっているというのに、風の力も相まって火の勢いは衰えない。

冬貴は、強く目をつむり葛藤していた。

実の娘は最強の呪術を宿した呪術師で、怒りと悲しみのままに術を発動させて手がつけられない状況。

屋敷は燃え、瞳子や妻と過ごした思い出は炎に呑み込まれ消えていく。

しかし、冬貴にはまだ残されていたものがあった。

それは、新しい妻になるであろう女と、自分の血を受け継ぐ呪術師の息子。

この二人がいてくれるのなら――。

冬貴はゆっくりと目を開け、腰に差していた刀を引き抜いたのだった。

玻玖は、はっとして目が覚める。寒い夜だというのに、なぜか汗をかいていた。

なにかに導かれるように、玻玖はおもむろに障子を開けた。しかし、目に飛び込んできた外の光景に思わず息を呑んだ。

なんと向こうの空に、黒雲が渦巻いているのを見つけたのだ。

今までに見たことがないような禍々《まがまが》しい雲。

すぐに、瞳子の力が発動されたのだと悟った。

玻玖の背筋が一瞬にして凍る。

その瞬間、玻玖は屋敷を飛び出していた。

たどり着いた玻玖の目の前には、轟々《ごうごう》と燃える黒百合家の屋敷。

「……瞳子！」

玻玖は燃え盛る炎などものともせずに、屋敷の中へと飛び込んだ。

未だに天候はこの場だけ荒れ狂い、それは術者である瞳子が生きているというなによりの証。

しかし、瞳子の気配を感じるのは猛火に包まれる屋敷の中から。一刻も早く助け出さなければならない。

玻玖は心臓が握り潰されそうな思いで、必死に瞳子を探した。

ところが、雷雲の隙間からわずかに月が見える。雨風も次第に弱まり始める。

それは、瞳子の命の灯火が消えかかっていることを意味していた。

玻玖は無我夢中で探し、――そして見つけた。

炎に囲まれた部屋の中央で、血に濡れた着物をまとった変わり果てた瞳子の姿を。

「……瞳子!!　瞳子!!」

玻玖は瞳子を抱き起こすと、何度も何度も名前を叫び続けた。

すると、少しだけ瞳子がまぶたを開けた。

「……ああ。玻玖様……きてくださったのですね……」

「瞳子、これは……いや、今はそんなことはどうだっていい……！　すぐに治すから安心しろ！」

玻玖は、出血する瞳子の腹部へ治癒系呪術をまとった手をやる。

しかし、その手を瞳子が握る。

「……もう無駄です。わたしは助かりません……」

「なにを言っている！　俺は神導位だぞ！　治せぬものなど――」

「いいのです……。みなが恐れる呪術を宿すわたしは……生きる価値などないのです。この世に存在していても人々を不幸にするだけ……」

「そんなことはない！　それに……、少なくとも俺は幸せだった！　瞳子に出会ってから、ずっとずっと！」

玻玖の意に反して、涙があふれ出す。

「……玻玖様、ありがとうございます。そう言っていただけて、わたしは……とても幸せです」

血が流れる口元をゆるませ、瞳子が微笑む。

そんな瞳子の表情だが、玻玖は涙で滲んでぼやけてしか見えない。

「もし生まれ変わることができるのなら……、わたしは来世でも……こうして玻玖様と結ばれとうございます」

「来世など……、そんなことを言うな……！」

玻玖の涙が、瞳子の頬の上に落ちる。

「……そして、今度こそ……玻玖様と祝言を挙げ、夫婦となってともに人生を歩んでみたいのです……」

瞳子は力を振り絞り、玻玖の頬にそっと手を添える。

「玻玖様、わたしはずっと……貴方様を愛しています」

瞳子は玻玖に微笑みかけたのを最後に、眠るようにして目をつむった。

玻玖の頬から滑り落ちる瞳子の手。

もう開くことないその瞳。

「……瞳子、……瞳子。……瞳子!!」

烈火の中に響き渡る、玻玖の悲痛な叫び声。

力なく横たわる瞳子の体を玻玖は抱きしめ続けた。頬に顔を擦り寄せ、強く強く抱きしめる。

そのとき、瞳子の中に残った最後のわずかな記憶が玻玖の中へと流れ込む。

発動したばかりでまだ思うままに呪術を操れない瞳子に対して、二人がかりで襲いかかる冬貴と貴臣。

その後ろで、まるで獰猛《どうもう》な獣でも見るような目で瞳子を恐れる中年の女。

死闘の末、貴臣の呪術で縛った瞳子の腹部に冬貴が刀を突き刺したのが致命傷となった。

玻玖なら、今からでも瞳子の死に関わった三人を殺すこともできた。

――しかし。

『東雲様は人を殺めるようなお方には見えなかったので』

瞳子の笑った顔が目に浮かぶ。

そんな瞳子を失った玻玖にはもはや生きる気力はなく、復讐心すらも湧いてこない。

瞳子がいない人生など、生きている意味がないからだ。

願うのは、――〝瞳子といっしょにいたい〟。

ただそれだけだった。

「……瞳子、俺も愛している。必ず、来世に迎えにいく。そして、そこで夫婦となろう」

玻玖はそう瞳子に誓った。

玻玖は瞳子とともに炎に包まれる直前、二つの呪術を発動した。

ひとつ目は、未来を視る呪術。

これまでは、戦術を練る道具として少し先の出来事しか視てこなかったが、玻玖には何百年先をも視る力があった。

後の後の世を視て、いつ、どこで、瞳子の生まれ変わりが誕生するのかを探した。

そして、来世の瞳子のおおよその誕生年月を把握した玻玖は、最後の呪術を自分にかける。

おそらくそれは、妖狐の玻玖にしか使えないであろう禁忌に触れる呪術――。

それは、転生後の寿命を半分削るという代償と引き換えに、再び前世の記憶を持ったまま生まれ変わることができるという呪術だった。

『もし生まれ変わることができるのなら……、わたしは来世でも……こうして玻玖様と結ばれとうございます』

瞳子の言葉を叶えるため。

再び瞳子と出会うため。

玻玖は自ら、瞳子とともにここで死ぬ運命を選んだのだ。

翌日。

昨夜の嵐がまるで嘘のように、雲ひとつない青空が広がっていた。

黒百合家は、離れたところにあった着物蔵だけを残して屋敷は全焼。当主の冬貴は火事に気づいて避難したが、娘の瞳子は今も行方不明。

激しい炎がすべてを焼き尽くし遺体は見つからなかったが、おそらく瞳子は逃げ遅れて火事の巻き添えにあったのであろう。

――という内容で処理された。

冬貴はそれからしばらくして、同じ敷地に新しい屋敷を建て、愛人を新しい妻として迎えた。

その女も、火事の日に落雷に打たれて一時は生死をさまよったが、奇跡的に回復した。

ただ、痛々しいやけどの痕が体中に刻まれた。

冬貴はそんな女と再婚し、また新たな人生を歩み出すかに思えた。

しかし、冬貴の顔は幸福とはかけ離れて、まるで死人のようだった。

実の娘を自らの手で殺したというだれにも打ち明けることのできない罪は本人の心を蝕み、精神を病ませた。

使いものにならない冬貴に苛立つ女だったが、代わりに貴臣が期待以上の働きをした。

女は呪術とは縁のない人間であったが、偶然にも呪術の才に恵まれていた息子の貴臣のおかげで、その後黒百合家は立て直した。

瞳子とともに玻玖も死んだことを知らない世間は、突然神導位がいなくなったと騒いだ。

そこで、急遽神導位の座についたのが、準神導位であった黒百合家だった。

それからも、年に一度の呪披の儀では貴臣に勝る呪術師は現れず、黒百合家は神導位として名を馳せることに。

その後、呪披の儀は五年に一度となり、貴臣は力ある呪術家系の娘と結婚し、子どもが生まれ――。

二人から生まれた呪術の才能あふれるその子どもも、大きくなるとまた新たな呪術家系の者と結婚し――。

そうして、今の黒百合家が築かれていった。

黒百合家は、だれもが知る最高峰の呪術家系。

しかし、そこに至るまでには、愛し合っていた二人の悲しい死があったことを……人々は知らない。

壮大な玻玖の話に驚き、和葉は息をつく暇もなかった。

「もしかして、その……瞳子さんの生まれ変わりというのが……」

「そう。和葉、お前だ」

玻玖は和葉を見つめ、愛おしそうに頬をなでる。

「俺はお前に出会うため、三百年待った」

三百年という時の流れが人間の和葉にとってはとてつもないもので、にわかには信じがたい。

「……ですが、生まれ変わるときに使われた呪術は……、転生後の寿命の半分が代償なのですよね……？」

「ああ、そうだ」

「なぜ、そのような無茶なことを……！　ご自分の命を削ってまで――」

「そうまでしてでも、俺は瞳子の生まれ変わりに会いたかった。ずっとずっと好きだったから」

ここで、玻玖のあの言葉の謎が解ける。

『和葉がこの世に生まれるずっとずっと昔から、俺はお前のことを愛していた』

玻玖は三百年の時を超えてもなお、愛し続けていた。一人の人をただ一途に。

「それに、妖狐の寿命は二百年。和葉と生涯を添い遂げるのなら、残りの百年でも長いくらいだ」

玻玖はそう言って笑った。

前世の記憶を受け継いだまま生まれ変わることができる、転生の呪術。人によっては、喉から手が出るほど魅力的な呪術であることだろう。

しかし、人間の寿命は約七十年。

もしその呪術を使える人間がいたとしても、寿命を半分削ってまで赤子から生まれ変わるにはリスクが大きすぎる。

あやかしの玻玖だからこそできる呪術であった。

「……お話はわかりました。ですが、わたしには旦那様と違って前世の記憶がありません。なので、どう反応したらいいものか……」

玻玖が嘘をついているとは思えない。今語ったことは本当だろう。

しかし、前世の自分が三百年前に玻玖といっしょにいたという場面を想像しようにも、そう簡単にできるものではなかった。

「そうだな。話だけではわからないな」

玻玖はそう言うと、なにやら着物の懐に手を入れた。

取り出したのは、紙切れのようなもの。

「これが、瞳子だ」

玻玖が見せたのは写真だった。

そこには、和葉とそっくりの女性が写っている。

「この方が、前世のわたし……」

写真の裏には、【玻玖】【瞳子】と直筆で名前が書かれていた。

その筆跡も和葉とよく似ている。

だが、その写真はなぜか真ん中で破られていて、左半分だけしかなかった。

「もう片側はどうされたのですか？」

「あとの半分は瞳子が持っている。おそらく火事で燃えてしまって、もうこの世にはないだろうが」

悲しそうに微笑む玻玖の口元を見たら、和葉は胸が締めつけられた。

写真の右半分には玻玖が写っていて、いつでも会えるようにと写真を半分に破り、互いに相手の姿が写っているほうを受け取ったのだそう。

できることなら、二人が写っている一枚の写真を見てみたかった。

和葉は、そう心の中でつぶやいた。

するとそのとき、和葉の頭の中で記憶が駆け巡る。

そういえば、これと似たような写真をどこかで……。

「どうした、和葉？」

玻玖が和葉の顔を覗き込んだと同時に、和葉は目を見開けた。

「……旦那様！　少々お待ちください！」

和葉は玻玖を縁側に残したまま、自分の部屋へと急いだ。

そして、部屋の桐たんすから、嫁入りの際に持ってきた着物を取り出す。着物蔵で見つけた、桜色の着物だ。

それといっしょにたとう紙の中に入っていたのは——。

「和葉、そんなに慌ててなにかあったのか？」

そのすぐあとに、玻玖もやってきた。

玻玖は、着物を見つめたまま畳に座り込む和葉にそっと後ろから近づく。

そこで、和葉が手にしていたものを見て、思わず息を呑んだ。

「それは……！」

涙ぐむ玻玖の声。

和葉の手にあったのは、着物を着た男性が写っている写真だった。

それは以前、和葉が着物蔵からこの桜色の着物を取り出したときに、たとう紙の中から見つけたもの。

玻玖は和葉の横に膝をつくと、持っていた瞳子の写真とを合わせる。

すると、その破れた境目はピタリと合致した。

「……どうして、和葉がこれを……」

「家の着物蔵で、この着物を見つけたときに中に入っていたのです」

それを聞いて、玻玖は力が抜けたかのように和葉の隣で尻もちをついた。

「そうか……。この着物、瞳子のものとよく似ているとは思っていたが……、瞳子自身のものだったんだな」

この桜色の着物は、瞳子のお気に入りだった。

大切な着物に、大切な写真を入れて。

二人が写る写真は三百年という時を超えて、再びひとつとなることができた。

「それでは、ここに写る方が旦那様だったのですね」

縁側で満月を眺めていた夜、珍しく玻玖が狐の面を取ったときがあった。

そのとき和葉は、夢の中で出会った人物と似ていると思う一方、他にもどこかで見たことがあるような気がしていた。

あのときは思い出せなかったが、それが写真に写っていた三百年前の玻玖だったのだ。

和葉の頭の中で、点と点が線で結ばれる。

そこで和葉は思った。

もしかしたら、ずっと前に見た満月の夜の夢もなにか関わりがあるのではないかと。

和葉は、玻玖の顔を覗き込む。

「旦那様、少しおかしな話をしてもよろしいでしょうか？」

「おかしな話？」

「……はい。実はわたし、旦那様とお知り合いになる前に、実家の庭で旦那様とよく似た方にお会いしたことがあるのです」

今考えても不思議な夢だった。

実際に触れて、触れられた感触があったというのに、気づいたら夜の庭ではなく朝のベッドの中にいたのだから。

ずっと不思議に思っていたことをようやく玻玖に打ち明けてはみたが、和葉は自ら話しておいてなんとも馬鹿げていると思った。

きっと玻玖に笑われるに違いない。

そう思っていた和葉だったが、なぜか玻玖は驚いたように目を丸くしていた。

「和葉……、覚えていたのか？」

「え？」

和葉はキョトンとして首をかしげる。

聞くと、あの夜のことは夢ではなく、和葉の身に実際に起こった出来事だった。

「あの夜は、和葉以外だれも屋敷にいないことは知っていた。だから、瞳子の生まれ変わりである和葉をひと目見たくて、俺は黒百合家に向かった」

そうしたら、ちょうど和葉が月を見に庭に出てきた。

満月の夜だったため、玻玖は和葉をよく見ようと面を外して陰から見守っていた。

そのとき、和葉が足をつまずかせ――。

思わず体が反応した玻玖は、和葉の前に姿を見せてしまったのだった。

「あのときは、驚かせてしまいすまなかった」

玻玖は眉尻を下げ、申し訳なさそうに和葉に謝る。

しかし、和葉は首を横に振った。

ようやく導き出された夢の謎。

あのとき、和葉が無性に心を惹かれた青年は――今目の前にいる玻玖そのものだった。

「謝らないでください。本当のことを話してくださって、ありがとうございます」

そう言って柔らかく微笑む和葉に、玻玖は瞳子の面影を重ねていた。

「それにしても、本当にわたしによく似ていらっしゃる」

和葉は改めてまじまじと写真を見つめる。

「でも、似ているというだけで、わたしには話に聞く瞳子さんのように呪術の才能はありません。本当に生まれ変わりなのでしょうか……」

「……和葉。お前は、呪術の才能がないんじゃない。呪術が使えないように、封じ込まれているんだ」

「……え？」

初めて聞かされたことに、和葉は目を丸くして驚く。

ずっと呪術は使えないと思っていた和葉だが、それは実は意図的に封印されていたのだった。

「これは、俺がお前にかけたもうひとつの、言葉による呪術の話に繋がる」

そう言って、玻玖はすべてを打ち明けた。


和葉が生まれ変わり、誕生する年月を把握していた玻玖は、その数年前に転生を果たした。

そして、生まれてきた和葉に人知れず呪術をかけた。

なぜなら、瞳子の生まれ変わりである和葉もまた、天候を操る呪術をその身に宿していたからである。

玻玖はだれかに気づかれる前に、その力が発動しないように封じたのだった。

「俺は、瞳子の母ほど強力な封印の呪術は使えない。だから、言葉による呪術で和葉の精神を支配することしかできなかった」

「精神を……支配……」

「……ああ。和葉にどんなにつらく悲しい出来事が起こっても、精神が崩壊して力が暴走しないように。……瞳子はそれで、術が発動してしまったからな」

貴一や玻玖が和葉にかけたものは、相手の精神を乗っ取る負の呪術。

しかし、玻玖がかけた呪術は、自分を守ってくれていたのだと和葉は知る。

「もし和葉が泣きたくなったら、ある言葉を言い聞かせるように術をかけていた」

「ある言葉……？　それは――」

「『泣いてはいけないよ』」

和葉は驚いた。

それは、和葉がつらいときや悲しいとき、泣きたくなったらいつも励ますように語りかけてくれた言葉だった。

まさか、それをかけてくれていたのが玻玖だったとは――。

その話を聞かされた和葉は、玻玖にとても感謝した。あの言葉があったからこそ、孤独でもここまで生きてこられたと。

玻玖がかけたものは、貴一と同じ呪術であってもまったく違う。

和葉を想った、やさしく思いやりのある負の呪術だった。

「……しかし、黒百合サンの呪術を解いたことで、俺のものも解けてしまった。今の和葉は、いつ秘められた力が発動してもおかしくない状況だ」

心配そうに和葉を見つめる玻玖。

そんな玻玖に対して、和葉は笑ってみせる。

「それなら大丈夫です。わたしには、旦那様がそばについていてくださいます。悲しいことなど、起こるはずもありません」

それを聞いて、玻玖ははっとして目を開ける。そして、口元をゆるめた。

「そうだな。これからも、和葉が嫌というほどにかわいがってやる」

見つめ合う玻玖と和葉は、引き寄せられるように唇を重ねた。

その後、再び縁側に戻った玻玖は、和葉の左手をそっと手に取った。

そうして、キョトンと首をかしげる和葉の左手薬指にあるものを通した。

「これは……」

月明かりにキラリと輝くそれは、銀色の指輪だった。

「『結婚指輪』というものらしい。夫婦互いの左手薬指にはめて、永遠の愛を誓うのだそうだ」

「……永遠の愛。……素敵です！　ありがとうございます」

和葉の喜ぶ顔は、玻玖が見たかったものだった。

「……よかった。職人につくらせていたのだが、なかなかうまく仕上がらなくてな。何度も様子を見に――」

「もしかして……！　最近よくお出かけされていたのは……」

「ああ。指輪の出来具合を見に行っていたのだが」

それを聞いて、和葉は顔が真っ赤になった。

なぜなら、乙葉に言われたことを真に受けて、和葉は玻玖の浮気を疑っていたから。

「……そういうことだったんですね。わたしったら、お恥ずかしいことに勘違いをしておりました……」

「勘違い？」

「……はい。無意識だとは思われるのですが、何度か瞳子さんのお名前を口に出されていたことがありましたので……。その……わたしは、他に女の人がと……。それでお出かけになられていたのかと思っていて……」

「俺に、女……？」

思わず玻玖はぽかんとする。

まさか、和葉にそのように思われていたとは予想外だったからだ。

「そんなこと、あるわけないだろう。俺の瞳には、和葉しか映っていないというのに」

そう言って、玻玖は和葉の背中に手をまわしギュッと抱きしめる。

まるで、和葉がここにいることを確かめるように。

「とはいえ……、不安にさせて悪かった。俺の愛しい妻は和葉だけだ。この指輪に固く誓う」

玻玖は和葉の左手を取ると、自分の左手もいっしょに月にかざしてみせる。

玻玖の誓いに共鳴するかのように、二つの指輪はキラキラと輝いていた。

「だから和葉、もう俺の前からいなくなろうとするな。……いいな？」

和葉は玻玖の腕の中に包み込まれながら、そっとうなずいた。

「はい。かしこまりました」

——もう大丈夫。

愛しい旦那様といっしょなら。二人で、これからどこまでも。

和葉はそう心の中でつぶやいた。

幸せに包まれる和葉と玻玖。

しかしその裏で、悪意に染まった者たちが動き出そうとしていることを、この二人が知るはずもなかった。

# 最終章　永遠に

「昼間は春の陽気だというのに、まだまだ夜は冷えるな」

「そうですね」

着物の上に半纏《はんてん》を着た玻玖と和葉が縁側まで出てくる。隣同士に座ると、玻玖が和葉の手の上に自分の手を重ねた。

そして、和葉はそっと玻玖に肩を寄せた。

二人の左手の薬指には、月明りによって銀色に輝く結婚指輪がはめられている。

もうすぐ、結婚して一年がたとうとしていた。

「今日はとても大きな満月だな」

月を眺めながら、玻玖は狐の面を取る。

その玻玖の美しい横顔を、うっとりしたような表情で和葉は見つめていた。

玻玖から瞳子の話を聞かされたとき、和葉は同時にこの狐の面の意味を教えられた。

この狐の面には、二種類の玻玖の呪術が込められている。

ひとつ目は、炎耐性の呪術。

転生により再び瞳子の生まれ変わりの和葉と結ばれたからといって、玻玖の中で瞳子の死は今でも癒えない傷となっていた。

瞳子が死ぬとき、周りは炎に包まれていた。

それからというもの、玻玖はたとえどんな小さな火だったとしても、直視できなくなっていた。

その火への恐怖心が、面越しだと和らぐのだった。

とはいえ、やはり火を見ると反射的に顔を背けてしまう。

以前、和葉が七輪でさんまを焼いていたとき――。

『菊代さんがさんまを買ってきてくださったので、七輪で塩焼きをと思いまして――』

一瞬七輪の中の炭から炎が上がっただけで、玻玖はその場に崩れるようにしてしゃがみ込んでしまった。

あのとき、菊代が七輪でさんまを焼くのを渋っていたのは、玻玖の炎への恐怖心を知っていたからだった。

そしてもうひとつは、以前少し玻玖が和葉に話していたが、膨大な妖術の力を抑える呪術が込められている。

あやかしには人と同じ姿になる『擬人化』の他に、本来の姿である『擬獣化』がある。

『擬獣化』は、読んで字の如く〝獣〟のように変化すること。

擬獣化は凶暴性が増し、妖狐の玻玖が擬獣化の姿になれば手がつけられないほどの脅威となる。

意識があるうちはいいが、もしなにかの拍子に我を忘れて暴れるようなことがあれば、多くの人々をも巻き込む災害となりかねない。

そうならないように、玻玖は狐の面に力を抑える呪術をかけたのだ。

そんなあやかしだが、その妖術が弱まる特別なときが存在する。

それが、満月の夜。

だから玻玖は、満月の夜にだけ面を取る。

和葉にとっては、美しい玻玖の顔を拝める唯一の日であるため、和葉は満月の夜を楽しみにしていたのだった。

「それにしても、今日の満月は本当に大きいな。まるで、呑み込まれそうだ」

「本当に。大きすぎて……こわいくらいです」

玻玖と和葉が見上げる満月は、まるで不敵に笑っているようにも見えた。

その夜更け。

妙に外が騒がしく、和葉は眠気が薄れ目を覚ます。

今日は、とても大きな満月。その明かりは部屋の中まで漏れていたが、それにしては明るすぎるような。

そう思った和葉が障子を開けると——。

なんと屋敷の中が燃えていた。

「……火事……!?」

愕然とする和葉のところへ、慌てた様子の菊代が駆けつける。

「和葉様、お逃げください！」

「逃げると言っても、なぜこんなことに……！」

「他の呪術師たちが攻めてきたのです!!」

菊代の言葉に、和葉は一瞬頭の中が真っ白になった。

「攻めるって、どうして……」

「……わかりません！　しかし、玻玖様のお力を妬んだ者の仕業かと思われます！」

菊代はなんとか和葉を引っ張り立ち上がらせると、和葉を連れて廊下を走る。

「旦那様は……!?」

「あまりにも敵の数が多いので、今外で応戦されております……！」

本来の玻玖の力なら、呪術師が何人束になろうと敵うはずもなかった。

しかし、今日は満月の夜。妖術の力が弱まるとき。

どうして、よりにもよってこんな日に――。

そのとき、逃げ惑う和葉と菊代の前にだれかが立ち塞がった。

「こんばんは、和葉様」

和葉はその人物を見て息を呑む。

なんとそれは、乙葉の結婚相手である清次郎の父親――蛭間家当主だった。

「どうして、蛭間様がここへ……!?」

「どうもこうも、妖狐という化け物が棲み着いていると聞いて、退治しにきたまでです」

蛭間家当主はニヤリと不気味に笑う。

突然の奇襲に困惑する和葉だが、屋敷に攻めてきた呪術師たちの数はとても蛭間家だけとは思えない。

――だれかが裏で糸を引いている。

「そういうことで、和葉様。申し訳ございませんが、あなた様にはここで死んでいただきます」

「……えっ」

「呪術師同士が殺し合うのはご法度。狙いは東雲玻玖ですが、この現場を目撃したあなた様が黙っているとも思えません」

蛭間家当主は一歩、また一歩と和葉に歩み寄る。

その前へ、和葉を庇うようにして立ちはだかったのは菊代だった。

「和葉様、お逃げください!」

「菊代さんは……!?」

「ここは、私が食い止めます……!」

そう言って、菊代は懐から護身用の小刀を取り出した。

「……そんな！　菊代さんもいっしょに！」

「和葉様は、玻玖様の大切なお方！　お守りするのは当然のことです！」

「でも――」

「玻玖様は表にいらっしゃいます！　そこまで、どうかご無事で……！」

小刀を構える菊代が、ゆっくりと和葉に顔を向ける。

「私なら大丈夫です。あとでまたお会いしましょう」

菊代の面は顔全体を覆っていて、表情など見えるはずもない。それが、今の和葉にはなぜか菊代が微笑んでいるように見えた。

和葉は涙ぐみながら大きくうなずいてみせると、菊代を背にして走り出す。

東雲家の屋敷は、みるみるうちに炎に包まれていく。

炎が苦手な玻玖。ただでさえ、満月で力が弱まっているというのに。

和葉は、玻玖のもとへと急いだ。

裸足のまま外に出ると、屋敷の表では煙が上がっていた。

煙の中には、乗り込んできた呪術師たちを一人で食い止める玻玖の姿があった。

「旦那様……‼」

和葉が叫ぶと、狐の面をつけた玻玖が振り返る。

面をつけていればさらに力が抑えられるため、本当は外して応戦したいはず。

しかし、こんなに燃え盛る炎を前にしては、玻玖は面を取るに取れなかった。

「なんだ、神導位といってもたいしたことないな！」

「これなら、数で押し通せる！」

「満月になると妖術が弱まるという話は本当だったんだな！　〝あの人〟の話に乗ってよかったぜ」

攻めてきた呪術師たちからは、そんな声が聞こえる。

やはり、だれかに手引きされてここへ乗り込んできたようだ。

玻玖は隙を見て和葉に駆け寄る。

「和葉！　ケガはないか……!?」

「……わたしは大丈夫です！　ですが、菊代さんがわたしを守るために、今……」

「そうか。菊代が逃がしてくれたんだな」

和葉にそう告げる玻玖の背後で、なにかがキラリと鈍く光る。

それが、玻玖の背中目がけてものすごい速さで飛んできたのだった。

「旦那様！……危ない!!」

それに気づいた和葉が声を上げると、玻玖は和葉を抱きかかえたまま横向きに転がり、間一髪のところでかわした。

一直線に飛んできたなにかは、そのまま屋敷の柱に突き刺さる。

見ると、それは短刀だった。

「和葉、無事か!?」

「は、はい」

そう言って、体を起こした和葉はぎょっとした。

なんと、玻玖の右腕から血が流れていたのだ。

さっきの短刀が玻玖の腕をかすめていた。

突き刺さったままの短刀は、まるでなにかに操られているかのようにひとりでに柱から抜けると、宙を舞いながら再びその切っ先を玻玖へと向けた。

和葉は、背筋が凍った。

なぜなら、その短刀には見覚えがあったから。

「さすが、化け狐。しぶといやつだ」

大きな満月を背にして、だれかが歩み寄ってくる。

「どう……して」

それを見て、和葉は言葉を失った。

なぜなら、大勢の呪術師たちを率いて東雲家の屋敷へ攻め込んできたのは——。

和葉の父、黒百合貴一だったからだ。

「お父様……！　なんてことを……!!」

「ええい、黙れっ！　もとはといえば和葉、お前が言いつけを守らなかったせいだろう！」

貴一は、和葉と玻玖を殺意のこもった目で睨みつける。

乙葉が玻玖の術により黒百合家に帰されたとき、貴一はそこで乙葉から重大な真実を聞かされることに。

玻玖の正体が妖狐であると。

妖術を扱うあやかしが相手では、どれだけ高度な呪術を取得しようと、呪披の儀で勝てるわけがない。

このままでは、神導位の座を取り戻すどころか、玻玖すら殺すこともできない。

和葉にかけた呪術もすべて解かれてしまい、玻玖を暗殺できる駒もいない。

焦った貴一は、ある話を蛭間家へと持ちかける。

それが、東雲家への奇襲。

蛭間家も多少なりとも、親戚となれば神導位の恩恵を受けられると思い、和葉を姉に持つ乙葉との婚約を決めた。

しかし、和葉は黒百合家とは縁を切り、玻玖があやかしであれば、黒百合家が再び神導位に返り咲くことはもはや絶望的。

そうなると、蛭間家にとって乙葉と清次郎の結婚になんのメリットもなかった。

そこで貴一から、玻玖がいなくなればすべてがうまくいくと言われ――。

この奇襲作戦に乗ることにしたのだ。

黒百合家や蛭間家を昔から崇拝する呪術家系も取り込み、あやかしの力が弱まる満月の夜を狙って、こうして一気に仕掛けにきたのだった。

神導位を外されてから、貴一はそのことばかりに執着し、変わってしまったことを和葉は心配していた。

それがまさか、このような強硬手段に出るとは思いもしなかった。

「……黒百合サン。これはなんとも……負の呪術を使いたい放題ですね。今までは目をつむっていましたが、さすがに今回は見過ごせません」

「ほう。帝に報告するつもりか？　できるものならやってみろ。……ただし、生きていられたらの話だがな」

貴一はニヤリと微笑む。

「そもそも東雲、ありがたく思え！　こうして、貴様の頼みを聞いてやったのだからな」

「……頼み？」

「そうだ。忘れたとは言わさんぞ！　貴様が乙葉に伝えるように言ったのではないか。

『今度は自分でこい』と」

それは、黒百合家へ飛ばされようとしていた乙葉に言った玻玖のあのひと言――。

『あと、黒百合サンに伝えてほしい。俺を葬りたければ、今度は自らがお出でになるようにとな』

その言葉に、貴一はこの手で玻玖を討つことを決めた。

しかも、乙葉といっしょに返した――あの短刀で。

貴一から渡されたものであったから、和葉が他のものと見間違うはずがない。

あれはたしかに、玻玖を殺すようにと命じられて持たされた短刀だった。

「和葉、お前は俺の後ろにいろ」

「それでは、旦那様は……」

「心配するな。俺なら大丈夫だ」

玻玖は、傷ついた腕を治癒系呪術で一瞬にして癒す。

いとも簡単に治したように見えるが、力が弱まっている玻玖には無駄に呪術で体力を消耗している場合ではなかった。

「黒百合殿、まだ終わっていなかったのですか」

そのとき、屋敷の陰からだれかが姿を現す。

その人物を見て、和葉の顔色が青ざめた。

なぜなら、貴一の隣に加わったのは……蛭間家当主であったから。

さっき、菊代とともに逃げていたときに目の前に現れたというのに――。

「それじゃあ、菊代さんは……」

呆然として和葉は膝から崩れ落ちる。その瞳からは、大粒の涙が次から次へとあふれ出す。

「……和葉、落ち着け！　菊代なら大丈――……うっ!!」

突然、玻玖からうめき声が漏れる。

驚いて和葉が目を向けると、まるで透明の縄で縛られているかのように玻玖の動きが封じられていた。

「へへへ！　大人数で縛れば、さすがの妖狐も術は解けまい！」

「黒百合のダンナ！　さっさと今のうちに！」

「ああ、そうだな」

貴一は呪術で宙に浮かぶ短刀を操ると、玻玖に狙いを定める。

玻玖は全身にかけられている縛りを解こうとするが、複数人で呪術を加えておりまったく解ける気配がない。

「……旦那様!!」

「和葉……くるな!!　ここから離れろ！」

「……ですが！　旦那様はここからどうやって――」

「俺のことなどどうでもいい！　お前さえ助かれば……‼」

玻玖はなんとか力を振り絞り、和葉に体当たりをして突き飛ばす。

「早く行け‼　俺にかまうな‼」

そうまでして、玻玖は命をかけて和葉をここから逃がそうとしていた。

その思いが痛いくらいに伝わってくる。

「……そうだな。化け狐の嫁とはいえ、仮にもわしの娘。和葉よ、お前がわしに一生忠誠を誓うと約束するのであれば、命だけは助けてやってもいいぞ」

そう言って鼻で笑う貴一に、和葉はギリッと下唇を噛む。

――どうしてこんなことに。

わたしはただ、愛に触れ、愛を知り、愛する人とともに幸せな日々を過ごしたかっただけなのに――。

和葉の願いは、ただそれだけだったのに。

「東雲、覚悟はできたか？」

「……て」

「心配するな。貴様が死んだあとは、和葉は再び黒百合家に戻してやる」

「……や……て」

「今夜の出来事は、わしから帝にお伝えしておく。負の呪術を乱用しようとした貴様を止めにきたところ、やむをえず戦闘になってしまったとな」

「やめて……」

その場で小さく叫ぶ和葉。

その声に、貴一は一切気づいていない。

「それでは、さらばだ。東雲玻玖よ、永遠に眠れ！」

貴一が腕を振り下ろすと、宙に浮いていた短刀が勢いよく玻玖の心臓目がけて飛んでくる。

玻玖は未だに、呪術の縛りから逃れられていない。もはや絶体絶命。

玻玖は、死を覚悟した。

──その瞬間。

「……やめてーーーー!!」

和葉の叫び声が響き渡り、それと同時に突風が吹き荒れた。

風は貴一の短刀を弾き飛ばし、天高く追いやる。

明るく照らしていた満月は黒雲によって覆われ、空を漆黒に染めていく。

次々と落雷が発生し、突然の奇妙な自然現象に周りの呪術師たちは恐怖を感じはじめる。

「……なんだ⁉」

「さっきまで晴れていたっていうのに……！」

呪術師たちは慌てふためく。

そんな中、呆然として和葉を一直線に見つめるのは貴一だった。

「和葉……。まさか、お前……」

貴一は、にわかには信じられなかった。

なぜなら、呪術の力を持たないあの和葉が――。

「和葉、落ち着け！　俺なら大丈夫だ！　……ここにいる！」

必死に和葉をなだめようとする玻玖の姿を見て、貴一は確信した。

――和葉には、最強として恐れられる〝あの〟呪術が宿っているのだと。

「……まったく。お前は聞き分けのいい子だったというのに、いつから親も手がつけられないような子に育ってしまったというのだ」

貴一は重いため息をつくと、空に舞い上げられていた短刀にもう一度を呪術をかける。

狙いは、玻玖――。

ではなく、その切っ先は和葉に向けられていた。

これ以上暴走しないようにと、和葉を必死に落ち着かせようとする玻玖は……気づいていない。空を切り、矢の如く飛んでくる短刀の存在に。

——鈍い音が玻玖の耳に届く。

と同時に、激しかった落雷がピタリとやむ。

「……和葉？」

震える声で立ち尽くす玻玖の目の前で——。

和葉は力なく倒れ込んだ。

「……和葉！　……和葉!!」

玻玖は何度も叫ぶが、和葉は目を覚まさない。

その和葉の腹部には、貴一の短刀が突き刺さっていた。

「悪く思うな、和葉。まさかお前が、わしをも遥かに凌ぐ呪術を宿しているとは思わなんだ」

貴一が腕を引くと、和葉の腹部に刺さっていた短刀も同時に抜ける。

「さて。次はお前だ、東雲」

そう言って、貴一は玻玖を睨みつける。

しかし、そんな貴一には目もくれず、玻玖は動かなくなった和葉を呆然と見下ろしていた。

「和……葉……」

玻玖は膝から崩れ落ちると、そっと和葉を抱き起こした。

それを見て、周りの呪術師たちは騒然となる。

なぜなら、大勢で玻玖を縛っていたというのに、いともたやすく抜け出していたからだ。

さっきまでの玻玖は、まったく動けなかったというのに。

「お前ら、なにをしておる！　早く化け狐を縛ってしまえ！」

「黒百合のダンナ、オレらはちゃんとやってますよ……!!　それなのに、全然効かねぇ……！」

「なにを馬鹿なことを！」

しかし、これは冗談でもなんでもなかった。

玻玖の体からは、おぞましいほどに妖術があふれ出していた。

妖術の気の流れは、まるで生き物かのように動いて玻玖の体をまとい、顔につけていた狐の面を取っ払う。

面が外れた玻玖は、さらに妖術の力が増す。

もはや、満月の夜など関係なかった。

玻玖の目の前に横たわる和葉の姿は、三百年前の瞳子の姿と重なる。

「……黒百合よ。お前らは、愛しい我が妻を……何度殺せば気が済むのだ!!」

玻玖の頭からは大きく尖った耳が生え、長くて太い尾が渦巻く。

顔つきも人間から、まるで獣のように変わっていく。

我を忘れた玻玖は、擬獣化状態へと姿を変えようとしていた。

「ひっ、ひぃぃぃ……!!」

「こいつは……本物の化け物だぁ!!」

玻玖の殺気と擬獣化した姿に、周りの呪術師たちは恐れおののき腰が抜ける。

「こんなやつを相手にするなんて、無理に決まってるだろ！」

「……話が違う！　オレは手を引かせてもらう!!」

「待て、お前らっ!!」

貴一が呼び止めるも、呪術師たちは次から次へと命惜しさに逃げ出していく。

気づいたときには、蛭間家当主も忽然《こつぜん》と姿を消していた。

残されたのは、貴一……ただ一人。

「アトノヤツラハ、ドウデモイイ。オマエサエ……殺セバ」

玻玖はもはや、人の姿とは程遠いかたちになっていた。

そこにいるのは、瞳が闇に染まる——白銀の妖狐。

「それが貴様の正体か……！　東雲玻玖！」

貴一は、短刀や屋敷の残骸などを呪術で飛ばすが、玻玖は妖気で一瞬にして弾き飛ばしてしまう。

「殺シテヤル……。ゼッタイニ……！」

玻玖がゆっくりと貴一に歩み寄る。

一歩、また一歩と玻玖が貴一に近づくたび、貴一の体は今までに感じたこともない恐怖に縛られる。

食い殺される……!!

そんな言葉が貴一の脳裏をよぎった。

そのとき――。

玻玖の脚をだれかが握った。

やさしくて穏やかな温かさが、我を忘れた玻玖に染み渡る。

「旦那……様……」

その声に、玻玖は足元に目を向ける。

なんとそこには、かすかに目を開け、玻玖に語りかける和葉がいた。

「カズ……ハ……？」

「……はい、和葉でございます」

和葉はゆっくりとうなずいてみせる。

その瞬間、玻玖の擬獣化は解け、みるみるうちに擬人化の姿へと変わっていった。

「和葉……。本当に……和葉なのか？」

「なにをそんなに驚かれているのですか……。もうお忘れですか……玻玖様」

そう言って、和葉は柔らかく微笑む。

それを見た玻玖の瞳に光が戻る。

「和葉……!!」

両腕を目いっぱい和葉の背中にまわし、強く強く抱きしめた。

「は……玻玖様、あまりにも強く抱きしめられては……痛いです」

玻玖がはっとして目を向けると、和葉は腹部を押さえていた。

「す、すまない！　それにしても、腹の傷は……」

「このおかげで、命拾いいたしました」

そうして和葉が帯から取り出したのは、鏡の部分が抜け落ちた、朱色の漆で塗られた手鏡の木枠だった。

その表面の花の絵の部分には、大きな刀傷がついていた。

貴一が和葉へと突き刺した短刀は、木枠に阻まれ和葉の急所を外していたのだ。

五歳の誕生日に、貴一と八重が贈ってくれたこの手鏡。

鏡が割れてからも、思い入れのあるこれを和葉はお守りのようにして帯に挟んでいたが――。

最後に、この手鏡の枠は大役を果たしたのだった。

それに満足したかのように、つけられた刀傷によるヒビによって木枠は真っ二つに砕け散った。

それは、本当の意味で和葉が黒百合家の呪縛から解放された瞬間だった。


その後、東雲家への奇襲事件は朝廷で重大案件として取り上げられ、これに関わった呪術家系は厳しい処罰を受けた。

とくに、計画をくわだてた黒百合家と蛭間家は金輪際、御所への出入りを禁止とされ、呪披の儀への参加権は末代まで永久に剥奪された。

帝から見放されたという噂はまたたく間に広まり、いくら優秀な呪術家系であっても黒百合家と蛭間家には悪評がついてまわった。

これまでの絶対的な信頼を失くし、呪術で財をなすことができなくなった二つの呪術家系は衰退の一途をたどるしかなかった。


和葉と玻玖は静かな田舎に越してきて、そこでこぢんまりとした家で夫婦仲よく暮らしていた。

そして、その家にはもう一人住んでいる。それは、顔全体を覆う狐の面をつけた――。

そう、菊代だ。

和葉はあとから聞かされたのだが、驚いたことに菊代は人間ではなかった。家族のいない玻玖が、枯れ葉に妖術を込めてつくり出した人型の幻術だった。

つまり、東雲家の屋敷にいた使用人すべてが幻術。

とくに菊代は、三百年も前からずっと玻玖のそばに仕えてきた。

玻玖が瞳子といっしょに亡くなってからもずっと、代わりに東雲家の屋敷を守り続けてきた。

玻玖が持っていた瞳子の写真も、玻玖が転生してくるまでの間、菊代が三百年間大事に持っていたのだった。

「だから、あのとき言ったではありませんか。『私なら大丈夫です。あとでまたお会いしましょう』と」

奇襲事件のあと、菊代は和葉にそう言って笑ってみせたが、和葉は再び菊代に会えたうれしさで、泣きながら抱きついた。

玻玖と和葉は自分の力を制御できるように、互いに日々修練している。

玻玖は、ゆっくりとではあるが火を克服しつつある。

妖術も抑えられるようになり、満月の日以外で面を外すことも徐々に増えてきた。

和葉は、天候を操る呪術を将来的には人々の暮らしに役立てようと、意のままに操ることができるように修行中。

このなにもない田舎町では、玻玖の呪術はとても重宝されていた。

また、近くに医者がいないということもあり、玻玖と和葉の家にはケガをした村人たちが多くやってくる。

「こんなケガを治してもらったというのに、せめてこれだけでも……！」

「お代なら結構です。お気になさらないでください」

しかし、呪術で成り上がるつもりのない二人は、決してお金は受け取らない。

「……しかし！」

治療費を受け取ってもらえず困り果てる村人に、和葉はにこりと微笑んだ。

「それなら、にんじんをいただいてもよろしいですか？　山本《やまもと》さん家の畑で穫れるお野菜はみなおいしいと、村の人たちから聞きましたので」

「そんなものでいいのですかえ？」

「はい！」

それを聞いていた玻玖が、青ざめた顔で和葉の肩をたたく。

「……待て、和葉。にんじんは――」

「玻玖様。にんじんを食べられなくては、村の子どもたちに笑われますよ？」

和葉に言われると、玻玖はぐうの音も出ない。

こうして二人は、ささやかではあるが幸せあふれる毎日を過ごしていた。

「和葉、愛してる」

「玻玖様、わたしもです」

今日も玻玖と和葉は、ともに月を見上げながら永遠の愛を誓い合うのだった。


【完】

# あとがき

はじめまして、作者の中小路かほと申します。

この度は、数ある書籍の中から『偽りの花嫁～虐げられた無能な姉が愛を知るまで～』をお手に取ってくださりありがとうございます。

これまで、学園恋愛小説や児童向け文庫をスターツ出版さまの別レーベルにて書籍化していただきましたが、和風ファンタジーは本作が初となります。

和風ファンタジーがいまいちどういうものなのかもわかっていませんでしたが、もし書籍になったとき、表紙が着物姿の女の子だったら絶対かわいい！という安易な考えで、ノリと勢いだけで本作を書きました。

そして、第八回スターツ出版文庫大賞に応募したところ、まさかのｎｏｉｃｏｍｉ賞を受賞することができ、ものすごくびっくりしたことを今でも覚えています。

ｎｏｉｃｏｍｉ賞をいただいたことで、初めはｎｏｉｃｏｍｉにて『いつわりの花嫁　～旦那さま、今宵お命頂戴します～』というタイトルでコミカライズが配信されました。

私は読書が苦手で、漫画しか読んでこなかったので、自分の考えたお話が大好きな漫画になることがうれしくもあり、まるで夢みたいでどこか不思議な気分にもなりました。

コミカライズの作画を担当してくださったのは、本作の表紙も手がけてくださっている神無月なな先生です。神無月先生の描かれるイラストは本当に美麗で、私のイメージ通り――いや、それ以上の出来栄えで和葉や玻玖を描いてくださり、その二人が漫画の中で生きていることに、初めて原稿をいただいたときとても感動しました。

そして今回、書籍化というかたちでスターツ出版文庫の仲間入りを果たすことができました。

ちなみに、コミカライズはオリジナルのストーリーが含まれていたり、細かい呪術名も登場していますので、書籍とはまた少し違った楽しみ方ができるのではないかなと思っています。何度も言いますが、神無月先生のイラストが本当に美しいので、ぜひ書籍と併せて読んでいただきたいです！

最後になりましたが、本作を刊行するにあたりご尽力してくださった関係者の皆さま。そして、本作を愛してくださる読者の皆さまに心よりお礼申し上げます。

今後も和風ファンタジーを書いていくつもりなので、次作もぜひ楽しみにしていただけるとうれしいです。

二〇二五年　一月二十八日　中小路かほ

この物語はフィクションです。実在の人物、団体等とは一切関係がありません。

中小路かほ先生へのファンレターのあて先
〒104-0031　東京都中央区京橋1-3-1　八重洲口大栄ビル7F
スターツ出版（株）書籍編集部 気付
中小路かほ先生

# 偽りの花嫁
## ～虐げられた無能な姉が愛を知るまで～

2025年1月28日　初版第1刷発行

著　者　中小路かほ 

発 行 人　菊地修一
デザイン　フォーマット　西村弘美
　　　　　カバー　北國ヤヨイ（ucai）
発 行 所　スターツ出版株式会社
　　　　　〒104-0031
　　　　　東京都中央区京橋1-3-1　八重洲口大栄ビル7F
　　　　　TEL　03-6202-0386（出版マーケティンググループ）
　　　　　TEL　050-5538-5679（書店様向けご注文専用ダイヤル）
　　　　　URL　https://starts-pub.jp/
印 刷 所　大日本印刷株式会社

Printed in Japan


ISBN　978-4-8137-1696-9　C0193

# スターツ出版文庫　好評発売中!!

## 『きみは溶けて、ここにいて』　青山《あおやま》永《えい》子《こ》・著

友達をひどく傷つけてしまってから、人と親しくなることを避けていた文子。ある日、クラスの人気者の森田に突然呼び出され、俺と仲良くなってほしいと言われる。彼の言葉に最初は戸惑う文子だったが、文子の臆病な心を支え、「そのままでいい」と言ってくれる彼に少しずつ惹かれていく。しかし、彼にはとても悲しい秘密があって…？「闇を抱えるきみも、光の中にいるきみも、まるごと大切にしたい」奇跡の結末に感動！　文庫限定書き下ろし番外編付き。

ISBN978-4-8137-1681-5／定価737円（本体670円+税10%）

## 『君と見つけた夜明けの行方』　微炭酸《びたんさん》・著

ある冬の朝、灯台から海を眺めていた僕はクラスの人気者、秋永音子に出会う。その日から毎朝、彼女から呼び出されるように。夜明け前、2人だけの特別な時間を過ごしていくうちに、音子の秘密、そして“死”への強い気持ちを知ることに。一方、僕にも双子の兄弟との壮絶な後悔があり、音子と2人で逃避行に出ることになったのだが——。同じ時間を過ごし、音子と生きたいと思うようになっていき「君が勇気をくれたから、今度は僕が君の生きる理由になる」と決意する。傷だらけの2人の青春恋愛物語。

ISBN978-4-8137-1680-8／定価770円（本体700円+税10%）

## 『龍神と許嫁の赤い花印五～永久をともに～』　クレハ・著

天界を追放された龍神・堕ち神の件が無事決着し、幸せに暮らす龍神の王・波琉とミト。そんなある日、4人いる王の最後のひとり、白銀の王・志季が龍花の街へと降り立つ。龍神の王の中でも特に波琉と仲が良い志季。しかし、だからこそ志季はふたりの関係を快く思っておらず…。永遠という時間を本当に波琉と過ごす覚悟があるのか。ミトを試そうと志季が立ちはだかるが——。「私は、私の意志で波琉と生きたい」運命以上の強い絆で結ばれた、ふたりの愛は揺るぎない。超人気和風シンデレラストーリーがついに完結！

ISBN978-4-8137-1683-9／定価704円（本体640円+税10%）

## 『鬼の生贄花嫁と甘い契りを七～ふたりの愛は永遠に～』　湊《みなと》祥《しょう》・著

赤い瞳を持って生まれ、幼いころから家族に虐げられ育った凛は、鬼の若殿・伊吹の生贄となったはずだった。しかし「俺の大切な花嫁」と心から愛されていた。数々のあやかしとの出会いにふたりは成長し、立ちはだかる困難に愛の力で乗り越えてきた。そんなふたりの前に再び、あやかし界『最凶』の敵・是界が立ちはだかった——。最大の危機を前にするも「永遠に君を離さない。愛している」伊吹の決意に凛も覚悟を決める。凛と伊吹、ふたりが最後に選び取る未来とは——。鬼の生贄花嫁シリーズ堂々の完結！

ISBN978-4-8137-1682-2／定価781円（本体710円+税10%）

# スターツ出版文庫　好評発売中!!

## 『星に誓う、きみと僕の余命契約』　長久《ながひさ》・著

「私は泣かないよ。全力で笑いながら生きてやるぞって決めたから」親の期待に応えられず、全てを諦めていた優惺。正反対に、難病を抱えても前向きな幼馴染・結姫こそが優惺にとって唯一の生きる希望だった。しかし七夕の夜、結姫は死の淵に立たされる。結姫を救うため優惺は謎の男カササギと余命契約を結ぶ。寿命を渡し余命一年となった優惺だったが、契約のことが結姫にバレてしまい…「一緒に生きられる方法を探そう?」期限が迫る中、契約に隠された意味を結姫と探すうち、優惺にある変化が。余命わずかなふたりの運命が辿る予想外の結末とは――。

ISBN978-4-8137-1664-8／定価803円（本体730円+税10%）

## 『姉に身売りされた私が、武神の花嫁になりました』　飛野《とびの》 猶《ゆう》・著

神から授かった異能を持つ神憑きの一族によって守られ、支配される帝都。沙耶は、一族の下方に位置する伊縫家で義母と姉に虐げられ育つ。姉は刺繍したものに思わぬ力を宿す「神縫い」という異能を受け継ぎ、女王のごとくふるまっていた。一方沙耶は無能と蔑まれ、沙耶自身もそう思っていた。家を追い出され、姉に身売りされて、一族の頂点である最強武神の武琉に出会うまでは…。「どんなときでもお前を守る」そんな彼に、無能といわれた沙耶には姉とはケタ違いの神縫いの能力を見出されて…!?異能恋愛シンデレラ物語。

ISBN978-4-8137-1667-9／定価748円（本体680円+税10%）

## 『引きこもり令嬢は皇妃になんてなりたくない！　強面皇帝の溺愛が駄々漏れで困ります』　百門一新《ももかどいっしん》・著

家族の中で唯一まともに魔法を使えない公爵令嬢エレスティア。落ちこぼれ故に社交界から離れ、大好きな本を読んで引きこもる生活を謳歌していたのに、突然、冷酷皇帝・ジルヴェストの第1側室に選ばれてしまう。皇妃にはなりたくないと思うも、拒否できるわけもなく、とうとう初夜を迎え…。義務的に体を繋げられるのかと思いきや、なぜかエレスティアへの甘い心の声が聞こえてきて…？予想外に冷酷皇帝から愛し溶かされる日々に、早く離縁したいと思っていたはずが、エレスティアも次第にほだされていく――。コミカライズ豪華1話試し読み付き！

ISBN978-4-8137-1668-6／定価858円（本体780円+税10%）

## 『神様がくれた、100日間の優しい奇跡』　望月《もちづき》くらげ・著

不登校だった蔵本隼都に突然余命わずかだと告げられた学級委員の山瀬萌々果。一見悩みもなく、友達からも好かれている印象の萌々果。けれど実は家に居場所がなく、学校でも無理していい子の仮面をかぶり息苦しい毎日を過ごしていた。隼都に余命を告げられても「このまま死んでもいい」と思う萌々果。でも、謎めいた彼からの課題をこなすうちに、少しずつ彼女は変わっていき…。もっと彼のことを知りたい、生きたい――そう願うように。でも無常にも三カ月後のその日が訪れて…。文庫化限定の書き下ろし番外編収録！

ISBN978-4-8137-1679-2／定価770円（本体700円+税10%）

# スターツ出版文庫　好評発売中!!

## 『妹の身代わり生贄花嫁は、10回目の人生で鬼に溺愛される』　編乃《あみの》 肌《はだ》・著

巫女の能力に恵まれず、双子の妹・美恵から虐げられてきた千幸。唯一もつ「回帰」という黄泉《よみ》がえりの能力のせいで、9回も不幸な死を繰り返していた。そして10回目の人生、村きっての巫女である美恵の身代わりに恐ろしい鬼の生贄に選ばれてしまう。しかし現れたのは“あやかしの王”と謳われる美しい鬼のミコトだった。「お前は運命の——たったひとりの俺の花嫁だ」美恵の身代わりに死ぬ運命だったはずなのに、美恵が嫉妬に狂うほどの愛と幸せを千幸はミコトから教えてもらい——。

ISBN978-4-8137-1655-6／定価704円（本体640円+税10%）

## 『初めてお目にかかります旦那様、離縁いたしましょう』　朝《あさ》比《ひ》奈《な》希《き》夜《よ》・著

その赤い瞳から忌み嫌われた少女・彩葉には政略結婚から一年、一度も会っていない夫がいる。冷酷非道と噂の軍人・惣一である。自分が居ても迷惑だから、と身を引くつもりで離縁を決意していた彩葉。しかし、長期の任務から帰還し、ようやく会えた惣一はこの上ない美しさを持つ男で…。「私は離縁する気などない」と惣一は離縁拒否どころか、彩葉に優しく寄り添ってくれる。戸惑う彩葉だったが、実は惣一には愛ゆえに彩葉を遠ざけざる“ある事情”があった。「私はお前を愛している」離婚宣言から始まる和風シンデレラ物語。

ISBN978-4-8137-1656-3／定価737円（本体670円+税10%）

## 『余命わずかな私が、消える前にしたい10のこと』　丸《まる》井《い》とまと・著

平凡で退屈な毎日にうんざりしていた夕桔は、16歳の若さで余命半年と宣告される。最初は落ち込み、悲しむばかりの彼女だったが、あるきっかけから、人生でやり残したことを10個、ノートに書き出してみた。ずっと変えていなかった髪型のこと、疎遠になった友達とのこと、家族とのこと、好きな人とのこと…。それをひとつずつ実行していく。どれも本当にやろうと思えば、いつだって出来たことばかりだった。夕桔はつまらないと思っていた“当たり前の日々”の中に、溢れる幸せを見つけていく—。世界が色づく感動と希望の物語。

ISBN978-4-8137-1666-2／定価726円（本体660円+税10%）

## 『死神先生』　音《おと》はつき・著

「ようこそ、“狭間の教室”へ」——そこは、意識不明となった十代の魂が送られる場所。自分が現世に残してきた未練を見つけるという試験に合格すれば、その後の人生に選択肢が与えらえる。大切な人に想いを伝えたい健人、自分の顔が気に入らない美咲、人を信じられない雅…事情を抱えた“生徒”たちが、日ごと“死神先生”の元へやってくる。——運命に抗えなくてもどう生きるかは自分自身で決めていい。最後のチャンスを手にした若者たちの結末は…？「生きる」ことに向き合う、心揺さぶる青春小説。

ISBN978-4-8137-1664-8／定価748円（本体680円+税10%）

# スターツ出版文庫　好評発売中!!

## 『妹に虐げられた無能な姉と鬼の若殿の運命の契り』　小《こ》谷《たに》 杏子《きょうこ》・著

幼い頃から人ならざるものが視え気味悪がられていた藍。17歳の時、唯一味方だった母親が死んだ。『あなたは、鬼の子供なの』という言葉を残して──。父親がいる隠り世に行く事になった藍だったが、鬼の義妹と比べられ「無能」と虐げられる毎日。そんな時「今日からお前は俺の花嫁だ」と切れ長の瞳が美しい鬼一族の次期当主、黒夜清雅に見初められる。半妖の自分に価値なんてないと、戸惑う藍だったが「一生をかけてお前を愛する」清雅から注がれる言葉に嘘はなかった。半妖の少女が本当の愛を知るまでの物語。

ISBN978-4-8137-1643-3／定価737円（本体670円+税10%）

## 『追放令嬢からの手紙〜かつて愛していた皆さまへ　私のことなどお忘れですか?〜』　マチバリ・著

「お元気にしておられますか？」──ある男爵令嬢を虐げた罪で、王太子から婚約破棄され国を追われた公爵令嬢のリーナ。5年後、平穏な日々を過ごす王太子の元にリーナから手紙が届く。過去の悪行を忘れたかのような文面に王太子は憤るが…。時を同じくして王太子妃となった男爵令嬢、親友だった伯爵令嬢、王太子の護衛騎士にも手紙が届く。怯え、蔑み、喜び…思惑は違えど、手紙を機に彼らはリーナの行方を探し始める。しかし誰も知らなかった。それが崩壊の始まりだということを──。極上の大逆転ファンタジー。

ISBN978-4-8137-1644-0／定価759円（本体690円+税10%）

## 『余命一年　一生分の幸せな恋』

「次の試合に勝ったら俺と付き合ってほしい」と告白をうけた余命わずかの郁（『きみと終わらない夏を永遠に』 miNato）、余命を隠し文通を続ける楓香（『君まで1150キロメートル』永良サチ）、幼いころから生きることを諦めている梨乃（『君とともに生きていく』望月くらげ）、幼馴染と最期の約束を叶えたい美織（『余命三か月、「世界から私が消えた後」を紡ぐ』湊 祥）、──余命を抱えた４人の少女が最期の時を迎えるまで。余命わずか、一生に一度の恋に涙する、感動の短編集。

ISBN978-4-8137-1653-2／定価770円（本体700円+税10%）

## 『世界のはじまる音がした』　菊川《きくかわ》あすか・著

「あたしのために歌って！」周りを気にしてばかりの地味女子・美羽の日常は、自由気ままな孤高女子・楓の一言で一変する。半ば強引に始まったのは、“歌ってみた動画”の投稿。歌が得意な美羽、イラストが得意な楓、二人で動画を作ってバズらせようという。自分とは正反対に意志が強く、自由な楓に最初こそ困惑し、戸惑う美羽だったが、ずっと隠していた“歌が好きな本当の自分”を肯定し、救ってくれたのもそんな彼女だった。しかし、楓にはあるつらい秘密があって…。「今度は私が君を救うから！」美羽は新たな一歩を踏み出す──。

ISBN978-4-8137-1654-9／定価737円（本体670円+税10%）

書店店頭にご希望の本がない場合は、書店にてご注文いただけます。

## キャラクター文庫初のBLレーベル

# BeLuck文庫

# 創刊！

### 創刊ラインナップはこちら

『フミヤ先輩と、
好きバレ済みの僕。』
ISBN：978-4-8137-1677-8
定価：792円(本体720円＋税)

『修学旅行で仲良くない
グループに入りました』
ISBN:978-4-8137-1678-5
定価：792円(本体720円＋税)

**隔月20日発売！**※偶数月に発売予定